FEDERICA DE CESCO FREI WIE DIE SONNE

Federica de Cesco

FREI WIE DIE SONNE

Benziger Verlag

AUS DEM FRANZÖSISCHEN ÜBERSETZT VON HANSJÖRG OSTERTAG

2. AUFLAGE 1969, 18. TAUSEND

HERGESTELLT IM GRAPHISCHEN BETRIEB BENZIGER, EINSIEDELN
BUCHNUMMER: 222 33033

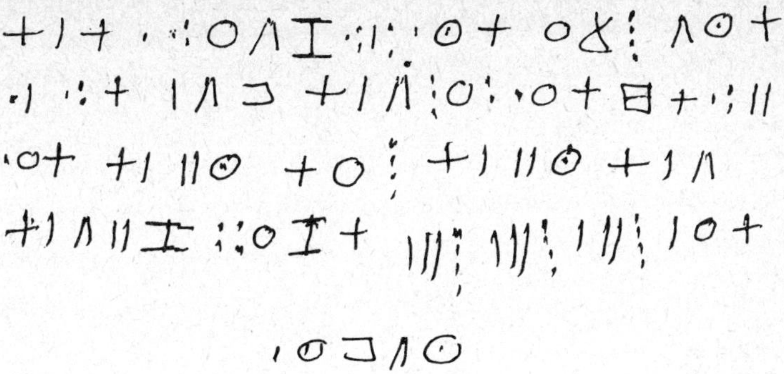

Federica kam zu uns und sagte: «Ich liebe den Hoggar und alle Leute, die dort wohnen. Ich möchte ein Buch über sie schreiben.» Wir haben gespürt, daß sie uns mit dem Herzen liebt, und so haben wir ihr alles von unserem Volke gezeigt. Wir sind glücklich, daß Federica zu uns gekommen ist. Alle Leute hier lieben sie sehr.

Hadj Moussa ag Akhamouk

1. KAPITEL

Sand weht daher, in Wellen, in Schwaden, mit rasender Geschwindigkeit. Ich spüre ihn im Mund, in den Augen und in der Nase. Er dringt in die Kleider und kratzt auf der Haut. Im roten Dunst kriecht der Land-Rover vorwärts. Zu beiden Seiten der kaum mehr sichtbaren Piste schwanken Sträucher und Gestrüpp. Ein tief anhaltendes Röhren überlagert alle anderen Geräusche. Die Wüste heult, als hätte das kleinste Sandkorn seine eigene Stimme. Vor kaum einem Monat noch hätte ich angsterfüllt an die Djinns geglaubt, an die bösen Geister der Wüste. Heute weiß ich, daß es sie nicht gibt; auch gute nicht. Da ist nur knirschender Sand, und der Schrei des Windes...

Atemlos überlasse ich mich den Stößen des schwankenden Wagens. Wir wollten die Plane hochschlagen, aber es ging nicht, sie war verklemmt. Seither flucht Pasquier ununterbrochen. Er hustet und spuckt und will um jeden Preis seine Sonnenbrille reinigen. Neben ihm umklammert Béchir das Steuer. Mit einem Taschentuch hat er seine Schirmmütze unterm Kinn festgebunden.

Heute morgen, in Aïn Salah, riet man uns von der Reise ab: «Fahren Sie lieber nicht. Der Sandsturm kommt!» Auch ich hätte das den beiden sagen können; schon seit zwei Tagen spürte ich das Unwetter. Aber ich schwieg; es hatte mich niemand um meinen Rat gefragt.

«Dummes Zeug», erwiderte Pasquier auf diese Warnungen. «Wir dürfen keine Zeit verlieren. Ende Monat muß ich wieder in Algier sein. Und da unser Fräulein kein Flugzeug nehmen wollte...»

Er tat so, als sei ich an allem schuld. Dann schlug er Béchir auf die Schulter: «Also los jetzt! Das bißchen Sand, was ist das schon!» Béchir zuckte nur mit den Achseln. Er streitet nicht gern mit Pasquier.

Im kupferroten Dunst, der sich in feinen Schwaden am Boden hinzog, fuhren wir los. Nach einer Stunde Fahrt wehte der Wind schon in doppelter Stärke. Eine riesige weißliche Kugel trieb am dunklen Himmel: die Sonne. Dann nahten heulend die ersten Stöße des Sandsturms, überfluteten uns in ganzen Wolken und schließlich als reißender Sturzbach. Bei uns hätten wir schon längst in einer Dünensenke oder am Fuße eines Felsens Schutz gesucht; hier in der Ebene hätten kauernde Meharis mit ihren Leibern ein Bollwerk für uns bilden können. «Uns... Wir...?» Das ist vorbei! Ich darf ja nicht mehr «Uns» und «Wir» sagen, darf nicht einmal mehr daran denken. Nur ich bin noch da, ich allein in meiner Not und Verzweiflung. Ich führe die Hand an die Lippen, ich beiße mir in die Finger, bis der Schmerz mich zum Aufhören zwingt. Die Zähne hinterlassen eine feuchte Spur auf der Haut, Blut schimmert hindurch, und im Mund spüre ich den bitteren Geschmack des Sandes.

Rings um uns vibriert und knistert die Luft. Ich berühre versehentlich die metallene Rückenlehne des Land-Rovers, und eine elektrische Entladung durchzuckt meinen Arm. Seit geraumer Zeit ist die Piste nicht mehr zu sehen. Jetzt weiterfahren ist gefährlich! Sicher nicht für mich. Ich kann gut zwei Tage lang ohne Essen und Trinken bleiben und weiß, was ich zu tun habe, um zu überleben. Aber die anderen...

«Wo ist nur die verfluchte Piste?» schreit Pasquier dem Fahrer ins Ohr. Béchir hebt die Hand: geradeaus, immer geradeaus! Ich presse die Lippen zusammen und schweige. Geschieht ihnen ganz recht, wenn sie sich verfahren! Nur für zwei Tage haben sie Vorräte mit, nur einen einzigen Wassertank. Bis Tamanrasset sind es noch vierhundert Kilometer.

«Kinderleicht, die Strecke», sagte Pasquier vor der Abfahrt.

Diesmal besteht kein Zweifel, sie fahren in der falschen Richtung! Zwar kann ich nicht mehr von der Piste erkennen als die beiden, aber ich fühle es. Man darf sich nicht an diese Spuren halten. Fahrer aus der Gegend verlassen oft die Piste, um Gazellen zu jagen. Für sie besteht dabei keine Gefahr. Für den fremden Reisenden aber, der die Tücken der Wüste nicht kennt, ist die Piste oft der letzte Faden, der ihn mit dem Leben verbindet...

«Sahara und gefährlich», hatte Pasquier großspurig gesagt, «ein Witz! Ja, früher vielleicht. Heute riskiert man nichts mehr. Die sollen den Fremdenverkehr ankurbeln, den Boden bewässern, nach Erdöl bohren. Diese Algerier müssen endlich einmal lernen, aus ihrem Land herauszuholen, was nur möglich ist!»

Unterdessen sitzen wir ganz schön in der Tinte. Ob sie es selbst merken, oder soll ich's ihnen sagen?

Ein heftiger Stoß... Ich fliege vom Sitz hoch. Pasquier wird unsanft nach vorne geschleudert und schlägt gegen die Windschutzscheibe. Béchir hat das Steuer mit aller Kraft herumgerissen, der Wagen schwankt hin und her, der Motor hustet, knattert und setzt plötzlich aus.

«Was ist los?» ruft Pasquier mit heiserer Stimme und reibt sich die schmerzende Stirn.

«Festgefahren in einem Sandhaufen!» schreit Béchir.

Mühsam stemmt er sich aus dem Wagen. Die offene Tür pendelt nach allen Richtungen. Béchir bückt sich, schwankt und stolpert.

«Also, was ist?» ruft Pasquier wieder.

Der Fahrer breitet mit hilfloser Geste die Arme aus. «Nichts zu machen. Wir müssen den Wagen ausbuddeln!»

Jetzt steigt Pasquier aus. Sein Hemd bläht sich über seinem Rücken im heißen Wind, die Haare stehen ihm zu Berge. Die beiden Männer gestikulieren und schreien so laut wie möglich, um sich verständlich zu machen. Ich rühre mich nicht. Pasquier zieht den Kopf ein, geht um das Fahrzeug, wobei er mühsam gegen den Wind ankämpft. Er öffnet den Kofferraum und zieht eine Schaufel hervor. Garben von Sand peitschen über sein Gesicht. Béchir liegt auf den Knien und hilft mit den Händen graben. Minuten vergehen. Ich rühre mich noch immer nicht.

Schließlich wendet sich Pasquier um und wirft die Schaufel in den Wagen. Er setzt sich ans Steuer und ruft Béchir zu:

«Los jetzt, stoßen!»

Er dreht den Zündungsschlüssel. Seine Nase ist rot und geschwollen, er schnaubt und prustet die ganze Zeit. Im Rückspiegel kreuzen seine Augen meinen unbeteiligten, gleichgültigen Blick. Er dreht sich heftig um und brüllt wütend:

«Sie könnten auch mit anfassen, oder nicht?»

Wortlos öffne ich die Tür und springe hinaus. Wenn die beiden meinen, ich helfe ihnen, haben sie sich getäuscht! Aufrecht bleibe ich stehen, lasse die Arme hängen und schaue zu, wie sie sich abrackern. Béchir stemmt sich gegen den Land-Rover und drückt mit allen Kräften. Stöße erschüttern das Fahrzeug, die Reifen kreischen im Sand. Ein neuer Stoß, ein neuer Stillstand. Pasquier schaut seinen Gefährten verstört an und stammelt:

«Restlos versackt!»

Pasquier hat Angst! Das sehe ich seinen Augen an, seinem zitternden Mund. Männer, die Angst haben, sehen alle gleich aus.

Béchir richtet sich keuchend auf.

«Nichts zu machen, bevor der Sandsturm vorbei ist.»

«He, Sie da», wendet sich Pasquier an mich. «Wie lange kann diese Schweinerei hier noch dauern?»

Unterschiedlich, ganz unterschiedlich! Es gibt Sandstürme, die dauern ein bis zwei Stunden, andere einen Tag oder auch drei oder fünf Tage, manche eine ganze Woche. Die Kehle wird wund und rissig, die Lippen springen auf, der ganze Körper ist von einer Sandkruste überzogen. Das Wasser in den Brunnen färbt sich purpurrot und versiegt schließlich. Auf den sandbedeckten Weiden sterben Meharis und Ziegen... Aber dieses Mal wird es nicht lange dauern. Schon kann ich bei genauem Hinhören die fast unmerkliche Veränderung im Heulton des tosenden Sturmes vernehmen, sein Schwächerwerden und Abflauen.

«Wenn die Nacht kommt, ist es vorbei», sage ich.

Die beiden Männer verständigen sich mit einem Blick.

«Gut», keucht Pasquier, «dann warten wir eben.»

Ich ziehe den Pullover, den Stephanie mir geschenkt hat über, stelle den Kragen meiner Windbluse hoch und kauere mich auf den Sandboden, den Rücken gegen eines der Autoräder gelehnt. Auch Pasquier und Béchir suchen im Windschatten des Wagens Schutz. Inmitten des Unwetters sitzen wir hier fest, wie in einer riesigen Mausefalle. Windstöße erschüttern den Land-Rover. Wie eine Flüssigkeit rieselt mir Sand in den Nacken und zwischen die Schulterblätter. Ich nehme den Kopf zwischen die Knie und schließe die Augen. Todmüde bin ich! Aber nicht nur aus körperlicher Erschöpfung, sondern aus Traurigkeit, aus Mutlosigkeit, aus dem bedrückenden Gefühl, in eine Falle geraten zu sein...

Mit einem Mal steigen mir die Tränen in die Augen. Ich beiße die Zähne zusammen. Nur jetzt nicht weinen, nur keine Schwäche zeigen! Mit letzter Willensanstrengung beruhige ich mich, und allmählich läßt die Spannung nach. Auch das Toben des Unwetters scheint sich zu besänftigen. Regungslos sitze ich da und lasse mich von meinen Gedanken forttragen. Der Sand breitet mit trügerischer Zartheit ein rötliches Tuch über mich...

Ich habe geschlafen. Der Laut menschlicher Stimmen läßt mich auffahren. Ich strecke mich, schüttle den Sand ab. Der Wind hat sich beruhigt, wie ich es voraussagte. Unmerklich fällt die Wüste in Schweigen zurück. In der Luft schwebende Staubteilchen filtern die schräg herabfließenden Strahlen der Sonne. Pasquier und Béchir haben die Motorhaube geöffnet und beugen sich darüber.

«Die Batterie ist erledigt», brummt Béchir und reinigt die ölverschmierten Hände mit einem Lappen.

«Wenn sie's bis Tamanrasset noch tut, können wir von Glück sagen», meint Pasquier.

Béchir schüttelt nur den Kopf.

«Erst einmal den Wagen freimachen!»

Mit gesenktem Kopf erforsche ich jedes Stück Boden um uns. Das Unwetter hat unsere Spuren verwischt, jeden Anhaltspunkt ausgelöscht. Schwierig also, die Piste wieder zu finden, und selbst wenn man sie findet... Ich weiß doch, wie das geht: Zuerst meint jeder, ganz ruhig und kaltblütig zu sein. Man versucht es mit dem Kompaß. Aber die Magnetnadel dreht sich wie rasend nach allen Richtungen. Von kopfloser Angst getrieben, beginnen sich die Verirrten im Kreis zu bewegen. Und jetzt erscheinen häßliche, mißgestaltete Berggipfel am Horizont und lösen sich mit einem Schlag in flimmernde Luft auf; am Saum des Himmels wogen Palmen auf und ab, eine Stadt zeigt sich plötzlich, aber sie steht auf dem Kopf, ihre Türme und Dächer treiben im Sand... Man muß die Nacht abwarten und sich nach den Sternen orientieren. Aber da muß man über ihre Gravitation Bescheid wissen, die sich im Ablauf der Stunden verändert, man muß Angst und nervöse Spannung mitberücksichtigen, welche die Berechnung verfälschen können. Die Wüste kennt manches Mittel, um alle, die ihr Trotz bieten wollen, mit harter, unfehlbarer Faust zu packen!

Das alles geht mir durch den Kopf, während die beiden Männer den Wagen mit weit ausholenden Schaufelschwüngen ausgraben. Wenn sie sich in der Einsamkeit verirren sollten, was kümmert's mich! Ich kann mir die Nacht zunutze machen, kann allein die Piste wieder erreichen. Zwei- oder dreimal am Tag fahren dort Lastwagen vorbei; die Fahrer nehmen mich gern bis Tamanrasset mit. Und die beiden da... Hitze, Sonne, Durst, da kommt der Tod schnell...

Endlich ist der Wagen freigelegt. Die Männer trocknen sich die Stirn, ihre Hände sind naß vor Schweiß. Pasquier holt den Wasserkanister und schraubt den Verschluß los. Er trinkt gierig; Wasser tröpfelt über sein Kinn in den Hemdausschnitt. Gebannt starre ich ihn an. Am liebsten würde ich auf ihn losschreien: «Gehen Sie sparsam mit dem Wasser um, Sie werden es noch brauchen!»

Endlich streckt Pasquier mit befriedigtem Grunzen den Wasserkanister Béchir hin, der lange und gründlich seinen Durst stillt. Gerade will er das Gefäß wieder verschließen, da besinnt er sich und reicht es mir mit gehemmtem Lächeln.

«Sie reden so wenig, da vergißt man ganz, daß Sie da sind», entschuldigt er sich.

Ich nehme den Kanister, trinke ausgiebig und lasse das Wasser langsam durch Mund und Kehle rinnen. Ich wische mir die Lippen mit dem rauhen Handrücken ab und lege diesen einen Augenblick lang an meine Wangen.

«Danke», sage ich schließlich zu Béchir. Unsere Blicke begegnen sich, wieder lächelt er mir zu. Wärme und Verstehen liegen in seinem Lächeln, das erstaunt mich sehr.

Béchir ist ein Schwarzer aus Algier. Während der französischen Kolonialzeit hat er im Hoggar in einem Kamelreiter-Regiment gedient. Jetzt ist er Lastwagenfahrer. Trotz seinen wolligen Haaren, seiner platten Nase und seinen dicken Lippen steht er mir näher als der andere, der Fremde mit dem harten, mitleidlosen Blick. Und doch ist diese Stimme da, ganz tief in meinem Innern, die mir immer wieder zuflüstert: «Auch du bist fremd hier...»

Nein, ich will diese Stimme nicht hören! Béchir aber wird nie wissen, daß sein Lächeln ihm das Leben gerettet hat...

«Los, an die Arbeit!» ruft Pasquier. Er setzt sich ans Steuer, wirft den Motor an. Béchir stemmt sich gegen den Wagen. Staub wirbelt auf. Die Räder drehen im Leerlauf. Endlich kommt der Land-Rover vom Sand los und bewegt sich schwankend ein paar Meter vorwärts.

«Das hätten wir geschafft!»

Pasquier zieht sein Taschentuch und trocknet Gesicht und Hände.

«Sitzen Sie ans Steuer, Béchir!»

Ich rühre mich nicht. Pasquier wendet sich um und sieht mich noch immer am gleichen Fleck stehen. Mit einer ungeduldigen Bewegung sagt er: «Es geht weiter! He, Sie! Los, einsteigen!»

Wenn er mich bloß nicht immer mit «He!» anreden wollte! Schließlich habe ich einen Namen, zwei sogar... Ich fahre mit der Zunge über die Lippen und erwidere ruhig:

«Sie sind von der Piste abgekommen, Monsieur.»

«Wie?» ruft Pasquier. Er hat mich nicht verstanden.

«Sie haben sich im Weg geirrt», sage ich; meine Stimme klingt ausdruckslos. «Die Piste verläuft hinter uns. Wir müssen zurück, dorthin, wo wir hergekommen sind, sonst...» Ich beende den Satz mit einer Handbewegung.

Pasquier preßt seine Kinnladen zusammen. Auf seiner Stirn beginnt ein Äderchen sichtbar zu pulsieren, wie stets, wenn er zornig ist.

«Wenn Sie wieder mit Ihren Dummheiten anfangen wollen, dann ohne mich, das kann ich Ihnen sagen!»

«Aber es stimmt, Herr», schaltet sich Béchir ein. «Schon seit einer Weile war keine Markierung mehr zu sehen. Das Fräulein muß es wissen, schließlich kennt sie das Land besser als ich.»

«Und die Spuren!» widerspricht Pasquier.

«Die stammen von Gazellenjägern», erwidere ich.

Kurzes Schweigen. Dann brüllt Pasquier, krebsrot vor Wut:

«Zum Teufel, warum haben Sie das nicht früher gesagt?»

Wie ihm sagen, daß ich im Sinn hatte, sie beide in den Tod zu schicken, daß ich mich dann aber, Béchirs Lächelns wegen, anders besann? Oder gab es sonst noch einen Grund?

Aufgebracht durch mein Schweigen, stößt Pasquier geräuschvoll die Luft durch die Zähne.

«Bei Gott, wozu das alles! Wäre ich nicht verpflichtet, bis zum Schluß mitzumachen, dann hätte ich Sie schon lange Ihrem Schicksal überlassen. Sie verdienen ja nichts Besseres!»

Eben, gleich von Anfang an hätten Sie mich in Ruhe lassen sollen! Bequem ist das, nicht wahr, von Pflicht zu reden...

«Es wird Nacht! Wir müssen weiter!» sagt Béchir unruhig.

Wortlos steige ich in den Land-Rover. Der Wagen setzt sich mit einem Ruck in Bewegung. Er wendet schwerfällig und rollt langsam über den holprigen Boden. Nach ein paar Minuten hören die Spuren auf.

«Man sieht nichts mehr!» ruft Béchir erregt. Außerhalb der Pistenmarkierung ist er so hilflos wie ein Käfer, der zappelnd auf dem Rücken liegt.

«Nur weiter», ruft Pasquier, «irgendwohin müssen wir ja kommen!»

Béchir wirft mir über die Schulter einen Blick zu und fragt unsicher:

«Könnten Sie unsere Spur wiederfinden?»

Im safrangelben Halbdunkel kann ich verwehte Reifenspuren unterscheiden. Offenbar habe ich die besseren Augen, oder ich bin ganz einfach geübter im Erkennen der Dinge, die es in der Wüste gibt.

«Besser, Sie wechseln Ihren Platz mit Mademoiselle», sagt Béchir zu Pasquier. «Sie kann uns führen.»

Unfreundlich nickt Pasquier. Er nimmt nicht gerne Ratschläge von Béchir entgegen, aber es bleibt ihm keine andere Wahl. Ich klettere über die Lehnen der Sitze in den vorderen Teil des Wagens und bin nun an der Seite des Fahrers. Aufmerksam halte ich nach den Spuren Ausschau, die sich zwischen Steinen hinschlängeln und, je nach dem Auf und Ab des Geländes, in Bänder auseinanderlaufen. Manchmal verschwinden sie vollständig. Ein unklarer Instinkt nur leitet mich, zusammengesetzt aus unbeachteten, längst vergessenen Weisungen, wie er sich manches Mal in uns regt und zur Vorahnung wird.

Die Nacht ist hereingebrochen. Béchir hat die Scheinwerfer eingeschaltet, das weiße Lichtbündel tastet den nackten Boden ab. Wortlos weise ich mit der Hand den Weg. Ich empfinde die Spannung der beiden Männer und höre ihr gepreßtes Atmen. Nun sind sie mir auf Gnade und Ungnade ausgeliefert. Es ist, als führte ich Blinde; ich könnte mein Spiel mit ihnen treiben, sie im Kreise herumführen, die ganze Nacht. Mich im Besitz dieser Macht über die beiden zu wissen und doch keinen Gebrauch davon zu machen, das ist meine Rache für die erlittenen Beschimpfungen und Demütigungen. Das ist aber auch mein Schutz.

Mit einer Handbewegung bedeute ich Béchir, nach links einzubiegen. Im zitternden Scheinwerferlicht erscheint die erste Markierung.

Béchir läßt sich gegen die Sitzlehne zurückfallen.

«Allah sei gelobt! Wir sind gerettet!»

«Tatsächlich», brummt Pasquier. «Ich dachte schon, wir kämen nie mehr so weit.»

Ich mustere ihn und richte zum ersten Mal eine Frage an ihn:

«Haben Sie kein Vertrauen zu mir?» Pasquier fingert in den Taschen seiner Jacke und zündet eine Zigarette an. Er weicht meinem Blick aus.

«Ehrlich gesagt, nein...», brummt er schließlich, «das heißt, ich weiß nicht...»

Später rasten wir am Rande der Piste. Sanddunst wogt über den dunklen Himmel; einzelne Sterne, schimmernde Punkte brechen hindurch. Auf einem Petrolkocher wärmt Béchir Kaffee. Die Flamme knistert und windet sich. Insekten werden angelockt und fallen versengt zu Boden. Pasquier holt Mundvorrat aus dem Wagen: Brot, Gemüsekonserven, ein paar Dosen Sardinen. Ich setze mich abseits, eine Decke über den Schultern und sehe den Männern zu, welche die Mahlzeit bereiten.

Pasquier hält mir einen Teller hin, auf dem eine Art Ragout dampft.

«Essen Sie!»

Ich kauere mich in den schwach wärmenden Umkreis der Flamme, leere meinen Teller und kaue ohne große Begeisterung. Ich habe keinen Appetit, mein Magen krampft sich zusammen. Nur der stark gezuckerte Kaffee tut mir gut. Ich halte Béchir meinen Becher hin, lasse mir nochmals einschenken, schlürfe das heiße Getränk in mich hinein und spüre, wie eine wohltuende Wärme sich über meinen Körper ausbreitet. Wenig später packen die Männer ihre Schlafsäcke aus. Ich kann nicht schlafen. In der Dunkelheit gehe ich auf und ab, die Decke um die Schultern gelegt. Meine Füße spüren den Sand, der sich wieder beruhigt hat und noch lauwarm ist von der Hitze des Tages. Ein sanfter Wind fährt mir über das Gesicht, wie ein Seidenschleier. Ich betrachte die Sterne am Himmel. Orion, Kreuz des Südens! Ob ihr Licht sich eines Tages wieder in meinem Silberschmuck spiegeln wird?

Plötzlich packt mich Schmerz, so stark, daß ich mich zusammenkrümme. Ich möchte zurück! Meine Hände verkrampfen sich, ich beiße auf die Lippen. Nicht an Vergangenes denken! Aber die Erinnerung ist stärker als mein Wille. Ich kann die aufsteigenden Bilder nicht verjagen: die roten Zelte unseres Winterlagers, die Reihe der Meharis, die in langsamem Trott von den Weideplätzen heimkehren. Ich höre das Meckern der Ziegen und die hellen Rufe der Hirten. Ich sehe Torha, meine Mutter (aber sie ist gar nicht meine Mutter), ich sehe Ahmed ag Rali, meinen Vater (hat auch er die Unwahrheit gesagt?), ich erblicke Chenani, der auf sein dahingaloppierendes Mehari einschlägt. Er schlägt es, weil er Flammen durchreiten muß, um einen Menschen zu retten, der gellend um Hilfe rief... Schweiß bedeckt meinen Körper. Vornübergebeugt übergebe ich mich lautlos und langsam, die Hände gegen den Leib gepreßt.

Weit weg in der Dunkelheit ein Vogelruf. Drei tiefe, langgezogene Töne. Oder ist es der Wind?

2. KAPITEL

In der Wüste erwachen Himmel und Erde gemeinsam. Aus einer gleichmäßig sich ausbreitenden Lichtwelle wächst Helligkeit. Nicht nur der Horizont, der gesamte Himmel glüht auf, es funkelt und gleißt die spiegelglatte Sandebene: ein See aus weißem Licht.

In meine Decke eingehüllt zittere ich. Der Morgen ist

kühl. Der Tag hat von mir Besitz ergriffen, ich bade im reinen und reißenden Strom des Lichtes und bin benommen von seiner Gewalt. Das Blut färbt mir Stirn und Wangen und prickelt in den Fingerspitzen. Je höher die Sonne aufsteigt, desto geschmeidiger werden die Muskeln, desto kräftiger erwärmt sich der vom Schlaf erstarrte Körper.

Pasquier hat die Schlafsäcke schon im Wagen verstaut. Er beginnt sich vor dem Rückspiegel des Wagens sorgfältig zu rasieren; ein Handtuch ist um seinen Hals geschlungen. Pasquier ist stets auf sein Aussehen bedacht. Er besitzt eine ganze Hemdenkollektion; jeden Tag wechselt er das Hemd. Seine Hose, seine Wildlederjacke sind so sauber wie dies in unserer Lage überhaupt möglich ist.

«Wollen Sie Kaffee?» fragt Béchir, der vor dem Kocher kauert. «Es ist auch Brot da.»

Ich schüttle den Kopf. Nein, ich könnte jetzt keinen Bissen zu mir nehmen. Pfeifend knöpft Pasquier sein Hemd zu. An Armen und Hals sind rote Narben zu sehen. Wenn er wenigstens mit dem Pfeifen aufhören würde!

Wir brechen auf. Der Land-Rover holpert über die Piste und hinterläßt eine gelbe Staubwolke. Stunden verrinnen, und die Hitze wird stärker. Die durchsichtige Klarheit des Morgens ist einem bläulich-fahlroten Dunst gewichen, durchsetzt vom wallenden Gewebe feinen Staubes. Felsen stehen jetzt im Gelände. Riesige Steinblöcke säumen den Rand der Piste. Der Weg steigt. Wir sehen die Schluchten von Arak, die Ausläufer des Hoggar:

Bergspitzen, Felskämme, ein Wirrwarr schwarzer Klippen und gewundener Engpässe, durchschnitten von Geröllhalden. Man könnte meinen, ein Berg sei in Stücke zersprungen und habe seine Trümmer rings umher verstreut.

Ein kurzer Halt. Der Wasserkanister macht die Runde. Die beiden Männer rauchen, knabbern Biskuits. Wir haben die Kette der schimmernden Bergwände durchfahren und rollen nun auf einer windgepeitschten Hochebene dahin. Kein Strauch, kein Grashalm ist hier zu sehen, überall nur nackter, verbrannter Boden. Einer schmelzenden Metallscheibe gleicht die Sonne. Rings um uns zittert der Horizont vor Hitze, farblos. Dann tauchen weit in der Ferne, jenseits der Ebene, die in den Himmel übergeht, Berge und Gipfel auf im bläulichen Licht: Der Hoggar! Mechanisch fahre ich mit der Hand ins wirre Haar, eine Geste von einst, unbewußt. Ich teile die Locken, glätte sie und drehe sie zu Zöpfen zusammen. Jetzt, da wir uns meiner Heimat nähern, will ich schön sein.

Gegen Mittag kommen wir im Militärstützpunkt an. Eine Schranke sperrt den Weg. Zwei verschlafene Soldaten stehen Wache. Beim Nahen des Land-Rovers erheben sie sich und kommen zur Piste, glücklich über die Abwechslung.

«Salam aleikum», grüßt Béchir.

«Aleikum Salam», murmeln die Soldaten und stochern in den Zähnen.

Während Béchir um den Wagen herumgeht, um den

Motor zu überprüfen, schlendert ein Offizier aus der Baracke, das Gewehr über der Schulter. Er begrüßt Pasquier mit Händedruck.

«Sie wollen nach Tamanrasset? Ihren Paß bitte!»

Pasquier reicht ihm das Dokument, und der Offizier prüft es aufmerksam.

«Alles in Ordnung. Und das Mädchen da...?»

Prüfend läßt er seine Augen über mich hinwandern, verwundert über die Haarfülle meiner Zöpfe. Ich zucke nicht mit der Wimper.

«Sie hat keinen Paß», erklärt Pasquier. Aus seiner Brieftasche nimmt er ein zweimal gefaltetes Papier.

«Hier ist ein Brief, der sie betrifft.»

Ich habe den Brief nicht gelesen, aber ich kenne seinen Inhalt. Der Offizier studiert ihn. Seine Stirn legt sich dabei in Falten. Dann hebt er den Kopf und betrachtet mich.

«Sonderbare Geschichte das!»

Und auf arabisch fügt er hinzu: «Viel Glück, Mademoiselle, Sie können es brauchen.»

Ich senke den Kopf, ohne zu antworten. Glück? Ich glaube nicht mehr daran.

Jetzt tritt der Offizier zur Seite und gibt mit der Hand ein Zeichen. Die Soldaten öffnen den Schlagbaum. Die Straße in den Hoggar liegt vor uns.

Schwarze Berge, vom Wasser ausgelaugt, Klippen, die den Himmel berühren, Felsblöcke, die sich auf der Spitze eines Hügels geheimnisvoll im Gleichgewicht halten. Zwischen Steingeröll zieht sich das Spiralenband der Straße inmitten wechselnder Farben dahin: staubiges

Weiß, Rot oder Grün. Auf dem Grund einer Schlucht oder in der Nähe einer Wasserstelle tauchen Felder auf, grüne Polster von Hirse und Weizen, Lehmhütten mit Vordächern aus Schilf, die durch krüppelige Stangen schlecht und recht abgestützt werden. Blau verschleierte Schwarze richten sich mit langsamen Bewegungen von der Arbeit auf, die Hacke in der Hand. Ihre Blicke folgen dem Wagen, der sich auf der Straße entfernt.

Das ist meine Heimat... Tag und Nacht stand ihr Bild in Gedanken vor meinen Augen. Und nun finde ich sie wieder, unverändert und wild wie stets. Eifersüchtig verbirgt sie ihre geheimnisvolle Schönheit all denen, die nichts davon wissen.

Pasquier hat mich im Rückspiegel beobachtet und läßt plötzlich ein überraschtes Knurren vernehmen. Er wendet sich mir zu und betrachtet mich von oben bis unten.

«Zum Teufel, was haben Sie mit Ihren Haaren gemacht?»

Was ich mit meinen Haaren gemacht habe? Zöpfe, ganz einfach Zöpfe. Ich möchte gerne wissen, was er dagegen einzuwenden hat! Unbeweglich mustere ich ihn, schweigend und feindselig.

Pasquier stößt einen Seufzer aus. Gereizt wendet er sich Béchir zu und wirft ihm, laut genug, daß ich es hören kann, die Worte hin:

«Dickschädel! Manchmal frage ich mich, ob sie überhaupt normal ist!»

«Sie kennen die Leute hier nicht», gibt Béchir friedlich zurück. «Nichts Stolzeres als ein Tuaregmädchen.»

«Aber sie ist ja gar keines!»

Der Algerier schüttelt seinen Krauskopf: «Sie haben keine Beweise, Herr.»

«Keine Beweise?» Pasquier tut sich wichtig. «Für mich ist alles klar. Eines paßt zum anderen. Dieser Pater André kann unsere Nachforschungen nur bestätigen.»

Eigentlich sollte mich das Geschwätz der beiden gleichgültig lassen. Und doch kann ich's nicht lassen und höre genau hin.

«Schneiden Sie einer Pflanze die Wurzel ab», sagt Béchir leise, «sie stirbt. Beim Menschen sind die Wurzeln das, was jeder in seinem Innern trägt. Die Seele, wenn Sie wollen. Die kann man nicht herausnehmen.»

Pasquier sucht seine Zigaretten, sein Feuerzug. Er ist zornig! Ein schwarzer Fahrer wagt, eine eigene Meinung zu haben, Frechheit! Ich errate, was Pasquier empfindet: Demütigung, Ärger und vor allem die Sorge, sich nichts anmerken zu lassen.

Hinter der hohlen Hand zündet er sich eine Zigarette an, bläst Rauch aus und sagt gemessen:

«Hören Sie, Béchir! Mein Auftrag geht Sie nichts an. Sie werden von mir bezahlt, und damit basta. Und Ihre Meinung brauche ich nicht!»

«Gut, Herr», erwidert Béchir unbewegt.

Sie schweigen, und ich bin ihnen dankbar dafür. Ein Streit meinetwegen wäre sinnlos. Wozu auch? Viel zu viel ist darüber schon geredet worden! Journalisten, Photographen, Meldungen in den Zeitungen... Keine einzige Gelegenheit hat Pasquier versäumt, um sich auf meine Kosten in der Öffentlichkeit bekanntzumachen.

Zu einem Arzt hat er mich geschleppt, um festzustellen, ob ich tuberkulös oder pockenverdächtig bin. Ich mußte den Mund aufreißen, meine Zähne untersuchen lassen, wie ein Lastesel, den man auf dem Markt verkauft. Ich fühlte mich gedemütigt; als ich protestieren wollte, sagte Pasquier nur immer wieder – und etwas Schlimmeres hätte er nicht sagen können –: «Man muß Sie an die Zivilisation gewöhnen. Sie sind nicht Mariemma, die Tochter der Torha und des Ahmed ag Rali. Sie sind kein Tuareg-Mädchen aus dem Stamm der Kel Rela. Ihre Eltern waren Europäer, und Sie heißen Elisabeth.»

Elisabeth... meine Zunge strauchelt über diesen fremden Silben. Elisabeth, bin ich das wirklich? So oft hat man es mir vorgesagt. Aber ich will nicht Elisabeth sein!

Von Fahrspuren durchfurcht, schlängelt sich die Straße zwischen geschwärzten Klippen und weiten Geröllhalden hin. Es ist, als gleite die Sonne beim Niedergang auf der Oberfläche eines Lichtmeeres dahin, während am anderen Ende des Himmels die gehämmerte Scheibe eines weißen Mondes langsam aufsteigt.

Tamanrasset, die rote Stadt, die Stadt der Könige! Rot die Häuser, mit den flachen Dächern, rot das Tor aus Lehm, dessen Schatten gleich dem Zeiger einer Sonnenuhr weiter und weiter vorrückt. Zu beiden Seiten der Straße Ethelbäume mit fleckigem Stamm, deren Zweige sich über der Straßenmitte zu einer Laubkuppel vereinen. Gegen Abend beleben sich die Krämerbuden, in den Werkstätten der Goldschmiede glühen die Kohlenbecken. Weiß verschleierte Männer sitzen vor der Tür.

Ein paar schwarze Frauen kehren vom Markt heim, Warenballen auf dem Kopf. An Hals und Mieder klimpert Schmuck aus Glasperlen und Silber. Buntfarbige Röcke fegen den Boden; manchmal kann man schlanke Knöchel erblicken, braun, wie von Zimt überpudert. Kinder mit kahlgeschorenen Köpfen vergnügen sich am Klatschen der bloßen Füße auf dem Boden. Mädchen in grellbunten Kleidern tragen auf der blautätowierten Stirn glänzende Amulette. Da sind auch Iforas, Kamelführer aus dem Sudan; sie schlafen nachts bei ihren Meharis, die mit gefesselten Beinen im Staub liegen. Allein oder zu zweien wandeln sie durch die Straßen, ihre langen Reitpeitschen pendeln am Finger. Sie tragen weite schwarze Ganduras; silberbeschlagene Gürtel umschließen ihre Hüften. Die Augen, mit Khol schwarz umrändert, schauen aus dem engen Spalt zwischen dem Schesch, dem Kopfschleier, und dem blauen Gesichtstuch hervor.

Tamarasset!... In den dämmrigen Gassen finde ich den Duft nach Holzrauch und Gewürzen, die durchsichtige Klarheit der Luft, die Schreie der gefesselten Meharis. Jeden Winkel der Stadt und des umliegenden Berglandes kenne ich; ich weiß, wo die Quellen liegen, wo sich die vertrockneten Wasserläufe der Wadis hinziehen, wo man auf Felswänden geheimnisvolle Inschriften sehen kann. Im Ablauf der Jahreszeiten bin ich zu den Weideplätzen gezogen... Wie den Gedanken ertragen, daß all dies nicht mehr sein soll! Wie mich damit abfinden und nicht den Verstand verlieren?

«Zu spät, um nach dem Assekrem hinaufzusteigen, die Straße ist bei Nacht nicht benutzbar», sagt Béchir, während sich der Land-Rover durch eine Herde meckernder Ziegen seinen Weg bahnt.

«Wir haben keine Eile», erwidert Pasquier. «Wir brauchen Ruhe. Führen Sie uns ins Hotel.»

Er überlegt einen Augenblick und sagt dann: «Gibt's in dem verlorenen Kaff hier nicht irgendein Lokal, wo man ein Bier trinken kann?»

«Ich glaube kaum, Herr», antwortet Béchir. «Die Leute hier trinken keinen Alkohol.»

Pasquier grinst. «Wollen wahrscheinlich die Touristen mit Limonade abfüllen!»

Er bricht in Gelächter aus und entblößt dabei seine auseinanderstehenden Zähne. Ich sehe ihn wieder, wie er mit seiner Kamera Kinder filmt, die sich im Staub wälzen, um die Geldstücke zu erhaschen, die er ihnen zugeworfen hat. Ich sehe ihn im Lager, als er meinem Vater auf die Schulter klopfte und Chenani Geld zustecken wollte. Noch heute erröte ich bei dieser Erinnerung.

Vor einem großen roten Gebäude im sudanesischen Stil, flankiert von Zinnen und Türmchen, hält der Land-Rover. Eine dicke, in ihrem oberen Teil mit Ornamenten verzierte Mauer öffnet sich auf einen Innenhof, der mit Bäumen bepflanzt ist. Über dem Tor hängt ein Schild in verblaßten Farben: Hotel «Amenokal».

Pasquier steigt aus dem Wagen, streckt seine Glieder und läßt die Gelenke knacken. Auf seinem von der Hitze aufgedunsenen Gesicht wirft der wachsende Bart bläuliche Schatten.

«Los, kommen Sie», ruft er mir zu, während Béchir das Gepäck abzuladen beginnt.

Ich hebe mich langsam vom Rücksitz des Autos. Meine nackten Zehen treten in lauwarmen Sand. Ein Schauer überläuft meinen Körper. Ringsum die Freiheit! So nah, greifbar nah, dieses Leben, das mein Leben war und auf das ich kein Recht mehr habe, seit ich... Unwillkürlich deute ich eine Bewegung an, um mich auf die Seite zu schlagen, zu fliehen. Pasquiers Finger umklammern meinen Arm, und seine Stimme zischt hart an meinem Ohr: «Keine Dummheiten, kommen Sie mit!»

Ich beiße mir auf die Lippen. Er stößt mich vor sich her. Steif wie eine Holzpuppe gehe ich vorwärts. Im Hof des Hotels stehen Tische und Stühle. Da sitzen zwei junge bärtige Männer mit bis in den Nacken reichenden Haaren, trinken Mineralwasser mit Pfefferminz und studieren eine Karte. Ein Mann mit dickem Bauch, in Shorts, hantiert mit seiner Kamera und wehrt die Fliegen ab, die sich auf seinen Schädel setzen. Eine Dame, die Zigarette im Mundwinkel, betupft sich die Achselhöhlen mit Kölnisch Wasser. Auf einem Liegestuhl liegt ein Mädchen in meinem Alter in Blue Jeans und rotem Pullover.

Pasquier durchquert den Hof und zerrt mich hinter sich her. Die Touristen mustern mich betroffen, wohl wegen meiner Zöpfe. Die beiden Bärtigen lächeln, das Mädchen mit dem roten Pullover lacht laut und ungeniert. Zornröte steigt mit ins Gesicht. Woher nehmen diese Leute das Recht, mich zu beleidigen? Voll Verachtung hebe ich den Kopf, und meine Zöpfe tanzen um die Wangen. Den Blick starr geradeaus gerichtet schreite ich zwischen den Tischen hindurch und spüre nur noch meinen Stolz, meinen ohnmächtigen Zorn und Pasquiers Finger, die wie ein Schraubstock meinen Arm zusammenquetschen.

3. KAPITEL

In dem Zimmer, an dessen grüngestrichenen Wänden die Farbe überall abblättert, gibt es ein Bett, einen Schrank, ein schmutziges Waschbecken und darüber einen zerbrochenen Spiegel. Vor dem Fenster ein feinmaschiges Gitter, zum Schutz gegen die Insekten.

Ich beuge mich über den Wasserhahn und trinke aus der hohlen Hand. Das Wasser schmeckt nach Eisen. Wie ich das feuchte Gesicht wieder aufrichte, erblicke ich mein Bild im Spiegel. Flüsternd stoße ich zwischen den Zähnen hervor: «Ich bin Mariemma!» Mit den Händen berühre ich mein Gesicht, betaste und erforsche es, als sei es das eines fremden Mädchens. Ich habe keine schwarzen Augen! Es stimmt auch, daß ich hellbraune Haare habe, die an der Wurzel kaum dunkler werden.

«Du hast Haare wie trockenes Gras», sagten meine Freundinnen immer und lachten. Und ich lachte mit. Auch meine Haut ist hell. Aber was beweist das schon? Wir sind doch das hellhäutige Volk der Kel Rela, dem nach der Überlieferung der Amenokal entstammt, der Herrscher der Tuareg und des Hoggar. Unser Adel geht zurück bis auf Tin-Hinan, die legendäre Königin, die auf glöckchengeschmückter Kamelstute aus dem Norden kam und deren Grabmal aus Lavasteinen noch heute das Wahrzeichen der toten Hauptstadt Abalesa bildet.

Mit geschlossenen Augen gebe ich mich der Erinnerung hin: Die Ruhe im ziegenledernen Zelt, der Geruch brennenden Holzes, tanzende Funken, und die sanfte Stimme meiner Mutter, die mit ihren Geschichten die friedlichen Abende meiner Kinderzeit in Schlaf wiegte. «All das», sagte sie, «geschah vor langer, langer Zeit. Auch die Ältesten unter uns können mit ihrem Gedächtnis nicht mehr bis in den letzten Urgrund der Vergangenheit dringen. Was tut's! Im Blut haben wir den Stolz unserer Vorväter bewahrt, den Sinn für Ehre und die Liebe zur Freiheit...»

Und man hat mich in dieses Zimmer hier eingesperrt! Ich hörte, wie sich der Schlüssel drehte. Wovor fürchten sie sich? Sie wissen doch, ich kann nicht entfliehen. Wenn ich die Flucht ergreife, fällt der Vorwurf auf meine Familie zurück. Ich will nicht, daß meine Eltern belästigt werden. Sie haben meinetwegen schon viel ausgestanden. Ich bin jung und stark und kann ertragen, was immer es sei. Aber sie...

Die Nacht bricht herein. Aber ich denke nicht daran, Licht zu machen. Schatten schleichen vor dem Fenster vorbei, Stimmen ertönen gedämpft, als kämen sie aus der Tiefe eines Brunnens. Ruhelos durchmesse ich das Zimmer, von einer Wand zur anderen. Mir ist kalt, zähneklappernd beginne ich im Kreis zu gehen, immer wieder neue Runden, unaufhörlich...

Plötzlich ertönt ein dumpfes Dröhnen durch die Nacht. Ich stehe wie angenagelt, Blut steigt mir ins Gesicht. Diese tiefen, langsam sich folgenden Töne kenne ich. Ich rufe mir den weiten dunkeln Platz ins Gedächtnis zurück, die dichte schweigende Menschenmenge, die sich dort bewegt, verschleierte Frauen, Männer mit gestärktem Schesch. Fackeln knistern in der Nacht; die Luft ist vom Harzgeruch erfüllt. Zum schweren Rhythmus der Trommel tanzen Männer in weißen Ganduras langsam im Kreis. Auf ihren Schultern glänzen Gewehre im Mondlicht. Mit steifem Oberkörper folgen sie dem Takt der beweglichen Füße. Der Kreis erweitert sich erst und schließt sich dann immer enger, je zahlreicher und stärker die Trommelschläge ertönen. Plötzlich ein Wirbel als Signal, die Männer legen ihre Waffen an die Wange und feuern ihre mit Platzpatronen geladenen Gewehre in die Mitte des Kreises ab. Die Erde zittert, die Lehmmauern der Häuser scheinen zerbersten zu wollen, Pulvergeruch liegt in der Luft.

Dumpf dröhnt das Trommeln in mein Zimmer. Bis ins Innerste erregt, renne ich gegen Möbelstücke an, presse meine Hände an die feuchten Schläfen. Frei sein, frei! Wieder läßt der Lärm der Gewehrsalve die Wände erzittern. Im Gang des Hotels stößt eine Frau einen Schrei aus und läßt ein meckerndes Lachen folgen. Und die Töne der Trommel tauchen die Nacht in ein Meer von Rausch und Dunkel.

Mit dem Rücken zur Wand lasse ich mich zu Boden gleiten und umschlinge meine Knie mit den Armen. An die Stelle der Erregung ist eine gefühllose Mattigkeit getreten. Ich möchte gleichgültig sein gegen alles. Morgen will Pasquier mich zur Einsiedelei der Weißen Väter führen. Pater André behauptet, er besitze das einzige Dokument, das meine Herkunft beweise. Sagt er die Wahrheit, so ist Mariemma, die Tochter des Amrar vom Stamm der Kel Rela, nur noch Elisabeth, eine Ausländerin ohne Heimat. «Die Seele kann man niemandem nehmen und sie durch eine andere ersetzen wollen», sagte Béchir. Aber gerade dies will Pasquier tun.

Einsamkeit umgibt mich, Öde, Dunkel und der ständige Atem der Trommel, der mich zur Besessenheit treibt...

Plötzlich fahre ich auf und lausche. Etwas streift über das Fenstergitter. Ich halte den Atem an. Ein schwarzer Schatten hebt sich vom leuchtenden Fensterviereck ab. Eine Stimme flüstert meinen Namen.

«Mariemma?»

Die Hand auf den Mund gepreßt, ersticke ich einen Aufschrei.

«Chenani!»

Ich presse mich gegen das Fenstergitter... Auf meinen Handflächen spüre ich seine Finger und höre die sanfte, langsame Stimme, die ich so gut kenne: «Mariemma!»

Ich senke den Kopf, spüre seinen Atem, die Wärme seines verschleierten Gesichtes. Aufs Gitter gepreßt, dessen Kanten auf meinen Händen und Wangen ihre Spuren hinterlassen, weine ich vor Erleichterung und Freude. Chenani sagt kein Wort. Es ist wohl das erste Mal, daß er mich weinen sieht. Im Dunkel kann ich nur seinen Schleier und den Widerschein seiner Augen unterscheiden.

Endlich vermag ich ein paar Worte zu stammeln: «Wie hast du erfahren, wo ich bin?

«Ich habe auf dich gewartet», sagt Chenani. «Seit deinem Aufbruch habe ich auf dich gelauert, jeden Tag, dort, wo die Piste nach Norden beginnt. Ich wußte, man würde dich zurückbringen.»

Er spricht Tamahach, die Sprache meines Volkes, und der vertraute Klang läßt in meiner Erinnerung alles wieder aufleben. Mein Schmerz verflüchtigt sich in immer weiter auseinanderfließenden Kreisen und läßt nur noch Frieden in mir zurück.

«Wir werden wegreiten von hier», sagt Chenani. «Die Meharis stehen bereit.»

Den Sinn seiner Worte verstehe ich nicht gleich; aber dann begreife ich, was er gesagt hat, und gegen meinen Willen mache ich eine abwehrende Gebärde.

«Das ist unmöglich, du weißt...»

Chenani antwortet nicht. Seine Finger tasten sich am Gitter entlang und schütteln es, wie um seine Festigkeit zu prüfen. Er bückt sich, greift einen Stein auf und beginnt mit kurzen Schlägen die Nägel an der Außenseite des Fensters zu locken.

«Wenn dich jemand überrascht!» warne ich ihn. Chenani wirft einen raschen Blick um sich, dann setzt er ruhig seine Arbeit fort. Ich höre nur seine Atemzüge. Einen Augenblick später gibt der erste Nagel nach. Das Gitter läßt sich an einer Seite lockern. Chenani reißt es mit beiden Händen heraus, hebt ein Bein über die Fensterbrüstung und schwingt sich geräuschlos ins Zimmer. Ich spüre seine Wärme und atme den vertrauten Duft nach Rauch,

Sand, Leder... Chenani ist groß, seine Bewegungen sind kraftvoll. Er trägt die weiße Gandura; Schesch und Schleier bedecken Kopf und Mund, wie dies Sitte bei den Tuareg ist. Er blickt mich an, während er wieder zu Atem zu kommen versucht und dann und wann ein Keuchen seine Brust hebt. Dann legt er mir die Hände auf die Schultern, mit sanftem Druck, und sagt: «Komm!»

Diese Stimme hören... ihr folgen!... Aber der Schwung, der mich zu ihm hinreißt, erstirbt in einem jähen Aufflackern von Angst.

«Ich kann nicht, Chenani!»

Der Druck seiner Hände wird härter.

«Warum nicht?»

Nichts hat sich geändert an ihm: weder seine kurze, fast ein wenig abgehackte Sprechweise, noch seine Stimme mit dem gleichmäßig warmen Klang. Wie habe ich mich nach dieser Stimme gesehnt, wie sehr befürchtet, sie nie mehr wieder zu hören!

«Du weißt doch, wie es kommt», sage ich bitter. «Dein Vater wird angeklagt. Sie kommen und nehmen ihn fest, werfen ihn ins Gefängnis...»

«Mein Vater weiß sich zu wehren», sagt Chenani unbewegt. «Wenn es sein muß...»

So gut kenne ich Chenani, daß ich seinen Gedanken zu Ende führen kann:

«... Wenn es sein muß, dann werden die Kel Rela kämpfen. Das wolltest du doch sagen, oder nicht? Aber womit denn? Wir haben nie genug Gewehre und keine Munition. Ich will nicht, daß meinetwegen Leute sterben müssen.»

«Du bist die Tochter des Amrar», erwidert Chenani.

Er hat dies ohne besondere Absicht gesagt, es war einfach eine Feststellung. Der Tochter des Stammesoberhauptes schuldet jedermann Achtung, Gehorsam. Ich weiß das. Aber wie soll ich über meinen Kummer, den seltsamen, ungeordneten Aufruhr in meinem Innern Herr werden, der sich jetzt in einem Aufschrei Luft macht:

«Nein, ich bin es nicht! Ich heiße Elisabeth. Eine Ausländerin, die deine Eltern aufgezogen haben, nichts weiter! Allah weiß, warum! Ihr schuldet mir nichts, du nicht und niemand sonst. Ich habe nichts zu tun mit den Kel Rela. Laß mich fort, laß mich!»

Vor Schmerz völlig außer mir, beiße ich mir in die Finger. Wie schäme ich mich! Mit einer raschen Bewegung hat mich Chenani am Handgelenk gepackt und mich gezwungen, die Hände zu öffnen.

«Doch, du bist Mariemma», sagt er. «Du hast kein Recht, fortzugehen. Ich nehme dich mit, jetzt sofort!»

«Nein, nein», wehre ich mich mit schwacher Stimme.

«Jetzt!» wiederholt Chenani starrköpfig.

Nichts vermag ich gegen seine Entschlossenheit. Aber ist dies nicht gerade das, was ich eigentlich will? Dieser Wille, der mich beherrscht, diese Sorge, die nur für mich da ist! Ich leiste keinen Widerstand mehr. Er drückt die Türklinke nieder und sieht mich ungläubig an.

«Man hat dich eingeschlossen?»

Ich nicke, rot vor Scham. Unter den Falten seines Schesch sind Chenanis Augen nur noch ein funkelnder Strich.

«Niemand hat das Recht, Ahmed ag Ralis Tochter einzusperren! Mach Platz jetzt. Durch diese Tür gehst du hinaus, mit mir!»

Er tritt einen Schritt zurück. Und ehe ich noch seine Absicht richtig begreife, sehe ich, wie er sich gegen die Tür wirft und sie mit einem heftigen Stoß seiner Schultern erschüttert. Sein sehniger Körper ist von ungewöhnlicher Kraft. Unter dem schweren Stoß höre ich das Holz krachen. Hat er den Verstand verloren? Er bringt das ganze Hotel in Aufruhr! Erschrocken klammere ich mich an ihn und versuche ihn zurückzuzerren.

«Chenani, hör auf!»

Ich will ihn um jeden Preis von dieser Tür wegziehen. Wild und lautlos ringen wir miteinander. Chenani ist viel stärker als ich. Er hält meine Handgelenke wie in einem Schraubstock, löst mit der einen Hand den Ledergürtel, den er um den Leib trägt, dreht mich mit dem Gesicht gegen die Wand und fesselt mir die Hände auf dem Rükken. Wütend wehre ich mich; aber alles ist vergeblich, ich bin völlig hilflos. Dann hebt Chenani mit einem schmetternden Fußtritt die Tür aus den Angeln. Holz splittert. Er stößt die Trümmer beiseite und drängt mich in den Gang hinaus, den eine Lampe schwach erhellt. Der Lärm hat Gäste aufgeschreckt. An den Türen zeigen sich erstaunte Gesichter. Eine Frau zieht sich eilig wieder zurück und stößt einen Schrei aus. Im zerknitterten Pyjama tritt ein Mann aus seinem Zimmer und rempelt Chenani an:

«He du...»

Chenani würdigt ihn keines Blickes. Er verlangsamt

nicht einmal seinen Schritt. Mit einem Rippenstoß drängt er den Kerl zur Seite. Da ist schon die Treppe und der Hof, wo unter den Bäumen Touristen den Klängen der Trommeln lauschen. Auf den Treppenstufen stolpere ich; aber Chenani reißt mich mit einem energischen Ruck wieder hoch und stößt mich vor sich her. Mit offenem Mund staunen alle den riesenhaften Targui an, der ein Mädchen in Blue Jeans, barfuß und mit gefesselten Händen entführt.

Durch die Toröffnung sehe ich im Mondlich auf der Straße zwei hingekauerte Meharis. Welche Kühnheit, die Reittiere vor dem Hotel warten zu lassen! Plötzlich erkenne ich Khadine, die milchweiße Kamelstute mit den braunen Augen, die mir mein Vater aus dem Sudan mitbrachte. Die sanfte, treue Khadine! Folgsam wie ein Lamm gehorcht sie meiner Stimme. Ihr Schritt ist so leicht, daß er kaum Spuren im Sand hinterläßt...

Vor Erregung bin ich wie betäubt und bleibe stocksteif stehen, unfähig auch nur einen Schritt vorwärts zu tun.

«Komm!» flüstert Chenani.

Er hebt mich in den mit Fransen und bunten Lederbändern verzierten Sattel. Nicht die leiseste Heftigkeit ist jetzt mehr in seinen geschickten Bewegungen.

Als ich im Sattel sitze, löst er den Gürtel, der meine Hände gefesselt hält und läßt ihn durch die Luft klatschen wie eine Peitsche. Schelmisch herausfordernd blicken seine Augen. Da überkommt mich mit unwiderstehlicher Gewalt ein nervöses Lachen. Ich glaube bersten zu müssen. Ich lache und lache, die Hände auf den Sattelknopf gepreßt; bei Allah, nie werde ich wieder aufhören können! Ein Kreis von Gaffern hat sich um uns versammelt. Wie durch einen Nebel sehe ich die Gesichter. Aber was kümmern mich die jetzt, da mein Herz vor Freude zerspringen möchte!

Chenani wirft den Kopf zurück und stößt aus voller Kehle einen wilden, schneidenden Schrei aus. Er bäumt sich im Sattel hoch, und mit einem Peitschenschlag läßt er sein Mehari aufstehen.

«Vorwärts!» rufe ich Khadine zu. «Geh!»

Die Stute dreht den Kopf. Ihr langer Hals mit dem seidigen Fell windet sich gleich einer Schlange. Sie läßt einen tiefen heiseren Schrei ertönen, spreizt die Beine und richtet sich auf.

Wir reiten davon. Der Trommelton schwillt gleich dem Wind an und verebbt. Im wiegenden Trott unserer Reittiere folgen wir der Hauptstraße, der Wüste zu, die schweigend ihr nächtliches Tor vor uns auftut.

4. KAPITEL

Der geschmeidige Fuß der Meharis erfühlt unsichtbare, nur mit dem Instinkt wahrnehmbare Pisten, und der regelmäßige Gleichklang ihrer Schritte gemahnt an das schwache Rauschen seidener Stoffe. Auf fahlen Sandbänken und glatten Felsen spiegelt sich ein riesiger, fleckiger Mond. Der Wind, der mein Gesicht peitscht, bedeutet Freiheit, und ebenso der Busch, der mit knakkenden Zweigen Khadines Flanken streift. Freiheit ertönt im Knarren des Sattelleders, Freiheit ist in der wärmenden Hülle der Decke zu spüren, die um meinen Rücken liegt. Wie ein ausgetrocknetes Bachbett den Regen, trinke ich die Freiheit in mich hinein.

«Ahmed ag Ralis Tochter, gefesselt wie eine störrische Ziege, welch ein Schauspiel!» neckt Chenani.

Gerne würde ich mit ihm lachen, aber ich kann es nicht. Angst schnürt mir die Kehle zu. Mein Glück, ich fühle es, ist wie ein gefangener Vogel in der hohlen Hand; spreizt man die Finger, dann fliegt er davon.

«Chenani», sage ich, «ich bin kein Targui-Mädchen».

Chenanis Lachen ist verstummt. Er beugt sich zu mir hinüber, sein Oberkörper schwingt im Rhythmus der Schritte seines Reittieres, und er legt seine Hand auf meinen Arm.

«Mariemma, warum sagst du das? Du weißt, daß du zu uns gehörst. Du hast nichts gemein mit... mit den anderen da!»

Voll Verachtung hat er diese Worte hervorgestoßen. Seine Finger drehen die Reitpeitsche hin und her, mit der er bisweilen den Hals seines Mehari berührt.

Er weiß von nichts. Alles ist für ihn einfach, zu einfach! Noch nie hat er die Berge des Hoggar verlassen. Er kennt Algier nicht und nicht die Menschen dort. Wie soll ich ihm das erklären? All meine Worte würden wie an einer Wand abprallen. Mit einem Wort, einer Geste ruhiger Sorglosigkeit würde er meine Einwände unter den Tisch wischen. Nein, er kann mich nicht verstehen, und vielleicht ist es besser so.

Stille, mit unbestimmten Geräuschen verwoben, hüllt mich von allen Seiten her ein wie ein schwarzer Burnus. Am Fuß eines Felsens lassen wir die Meharis sich lagern. Chenani entzündet ein Feuer. Zwischen drei Steinen knistert und tanzt die Flamme über den Boden. Chenani bereitet den Tee. Während das Wasser im kleinen kupfernen Kessel zu singen beginnt, zerkleinert er den Zucker. In meine Decke eingehüllt, halte ich die Hände gegen die Wärme des Feuers.

Wie wohl ich mich fühle! In ein paar Stunden erreichen wir das Lager, wo meine Eltern und Aicha, meine Schwester, mich erwarten. Und doch weiß ich, daß nichts so sein wird wie früher. Etwas in mir ist verletzt worden. Die Zeit nur und Chenanis Zartgefühl können vielleicht Bitterkeit und Enttäuschung lindern, die mich beherrschen, und mich wieder so werden lassen, wie ich einst war...

Chenani schenkt Tee ein und reicht mir das Glas. Ich trinke. Der Tee ist stark und süß, so, wie ich ihn gern habe. Sanfte Wärme erfüllt meinen Körper. Zum Trinken hat Chenani den Schleier zur Seite geschlagen. Das ist ihm erlaubt, weil wir uns von jeher kennen. Sonst aber würde ein Targui sein Gesicht niemals einer Frau zeigen.

Er leert schweigend drei Gläser, wie es der Brauch ist, und fragt mich dann:

«Was haben sie mit dir gemacht, dort in Algier?»

Vor meiner Erinnerung steigt das Bild Algiers auf: Weiße Häuser auf einem Hügel. Dumpfe Luft vom Meer her, schwer vom Geruch nach Salz, nach Algen und Benzin. Breite Straßen, gesäumt von offenen Läden, wo sich die Menge drängt und stößt. Ausgetretene, zerbröckelnde Treppenstufen, mit Erdnuß- und Orangenschalen bedeckt, führen zu den gewundenen Gäßchen der Casbah oder zum Hafen hinunter. Aus den zu jeder Stunde überfüllten Cafés dringen Musikfetzen. An den Fenstern trocknet Wäsche. Junge Burschen an jeder Straßenecke handeln mit Postkarten, mit Füllfederhaltern und Schuhbändern. Dunkle Hausgänge als Zufluchtsorte für Bettler und lärmende Kinderscharen. Verschleierte Frauen, einen Korb in der Hand, schlurfen in Pantoffeln vom Brunnen zum Markt und folgen mit ihren Blicken den Mädchen mit nackten Armen und kniefreien Röcken. Lärm von Autohupen dazwischen, und aufheulende Autobusse, die überraschend vor einem auftauchen, Rufe, schimpfende, bittende Stimmen...

Pasquier hatte mich in ein Hotel im Herzen der Stadt gebracht und war weggegangen. Das Zimmer im fünften Stock, in dem ich nägelkauend auf seine Rückkehr wartete, roch nach Bodenwichse und Javelwasser. Als ununterbrochenes Brausen stieg der Straßenlärm zu mir herauf. Als ich mich aus dem Fenster lehnen wollte, um frische Luft zu atmen, fuhr ich, vom Schwindel gepackt, erschrocken zurück. Gerne hätte ich geschlafen. Ich war gewohnt, zum Schlafen auf der Erde zu liegen, in eine Decke gewickelt. Länger als fünf Minuten hätte ich es nie in einem Bett ausgehalten, in einem Bett, das schwankte, das nachgab bei jeder Bewegung und mir Rückenschmerzen verursachte.

Neugierig untersuchte ich die verschossene Tapete, den Lampenschirm, der mit roten Blumen und Knospen bestickt war. Ich ließ meine Finger über den gehäkelten Bettüberwurf gleiten und beugte mich über das Waschbecken, wo man aus einem Hahnen heißes und kaltes Wasser rinnen lassen konnte, Wasser, so viel man wollte! Bei uns daheim müssen die schwarzen Dienerinnen oft weite Wege zurücklegen, um am Ziehbrunnen die Guerbas aus Ziegenleder zu füllen, die sie auf ihren Schultern herbeitragen. Hier brauchte man nur am Hahnen zu drehen... Soviel verschwenderische Üppigkeit beeindruckte mich, aber ich empfand trotzdem kein Verlangen danach. Ich verspürte weder Hunger noch Durst, nur eine düstere, dumpfe Gleichgültigkeit.

Wenig später erschien Pasquier in Begleitung einer dicklichen blonden Frau, mit schlaffen Armen voller Sommersprossen.

«Das ist Mademoiselle Dalbert von der Botschaft», erklärte er, «sie wird nun für Sie sorgen.»

Abschätzig, mit starrem Lächeln, musterte mich die Frau von Kopf bis Fuß. Ihr Lippenrot hatte Spuren auf den Zähnen hinterlassen.

«Guten Tag, mein Kind», sagte sie. «Herr Pasquier hat mir viel von Ihnen erzählt. Sicher werden wir uns gut verstehen.»

Sie trat auf mich zu, und ich wich einen Schritt zurück und nahm den Schleier vors Gesicht. Fräulein Dalberts Lächeln verschwand, und zwischen den betuschten Wimpern blickten ihre Augen starr wie die einer Eidechse.

«In diesem Aufzug kann ich Sie unmöglich auf die Botschaft mitnehmen», sagte sie. «Gewiß, Ihre Kleider sind recht malerisch, aber für die Stadt passen sie nicht. Zuerst machen Sie sich jetzt ein wenig schön, waschen und frisieren sich. Ich helfe Ihnen dabei. Dann gehen wir in ein Geschäft und kaufen ein hübsches Kleid. Was halten Sie von diesem Programm?»

Sie brach in meckerndes Lachen aus, das ihren ganzen Körper erschütterte. Ich rührte mich nicht.

«Gut! Also... ich gehe jetzt», sagte Pasquier.

Ich blieb mit Fräulein Dalbert allein. Noch immer hatte ich kein Wort gesprochen. Fräulein Dalbert zog die Handschuhe aus und legte ihre Handtasche auf das Bett.

«Ich hoffe, Sie sprechen Französisch», sagte sie.

Ich antwortete nur mit einem Senken der Augenlider. Sogleich lief wieder ein Lächeln über Fräulein Dalberts Gesicht.

«Ich wußte, wir würden uns verstehen!»

Plötzlich begann sie wie ein Hase zu schnuppern. Voll Erstaunen betrachtete ich ihre bebenden Nasenflügel.

«Als erstes, mein Kind, nehmen Sie ein Bad. Sie riechen... äh... nach Hammelfett! Für uns kein angenehmer Duft, das werden Sie verstehen... Und dann, womit haben Sie Ihre Finger angemalt? Henna, kein Zweifel! Wie häßlich! Man könnte meinen, Sie hätten Konfitüre genascht!»

Ich hatte nur noch einen Wunsch: allein zu sein! In Gesellschaft dieser Frau überlief mich eine Gänsehaut!

Fräulein Dalbert läutete dem Zimmermädchen, einer kleinen Araberin mit gelblicher Gesichtsfarbe, und erteilte ihr Befehle. Dann packte sie mich am Handgelenk und führte mich in ein weißgekacheltes Badezimmer. Die Wanne war fast vollgelaufen; Dampfwolken beschlugen den Spiegel. Bestürzt über soviel Verschwendung betrachtete ich den dicken Wasserstrahl, der dampfend aus dem Hahnen floß.

«Ziehen Sie sich nun aus!» befahl Mademoiselle Dalbert.

Ich wich gegen die Wand zurück, den Schleier ans Kinn gepreßt. Mich nackt ausziehen vor einer Fremden! Niemals!

«Nun stellen Sie sich nicht so dumm an und machen Sie vorwärts!» rief Fräulein Dalbert ungeduldig.

Sie packte mich an den Schultern und begann mich auszuziehen. Das kleine Zimmermädchen, einen Stapel Frottiertücher über dem Arm, betrachtete mich mitleidig, während ich mich, vergehend vor Scham, verzweifelt zur Wehr setzte. Fräulein Dalbert zog mir die Gandura über den Kopf, und ihre Finger versuchten, den Verschluß meines Ameruan zu öffnen. Der Ameruan ist ein Halsband aus blauen Perlen und einer Silberscheibe. Ich hatte ihn von meiner Mutter bekommen. Ich verteidigte mich mit Fingernägeln und Tritten. Fräulein Dalbert nannte mich ungezogen: eine wilde Katze. Aber schließlich ließ sie doch davon ab, mir das Halsband abzunehmen, das ich krampfhaft an mich preßte.

Später dann, auf der Straße... Noch sehe ich mich atemlos Fräulein Dalbert folgen, die aber jetzt nicht mehr lächelte und mir kaum einen Blick schenkte. Klick-klack machten ihre hohen Absätze auf dem Asphalt, und bei jedem

Schritt schlug mir ihre Tasche gegen die Rippen. Unsicher taumelnd tappte ich vorwärts. Jedes Hupen ließ mich erschreckt zusammenfahren. Von allen Seiten streifte und stieß mich die Menschenmenge; ich glaubte, in einen riesigen Bienenkorb geraten zu sein.

Mademoiselle Dalbert führte mich in ein großes Geschäft, das von schwatzenden Europäerinnen und Araberinnen überfüllt war. Da sah man dicke Matronen in schwarzseidenen Kleidern, das Mieder fleckig von weißer Fettschminke. Die jungen Mädchen trugen kurze, bis zur Mitte der Oberschenkel reichende Röcke und Schuhe mit spitzen Absätzen. Erstaunt betrachtete ich ihre rotgeschminkten Lippen, ihre grün- oder blaubemalten Lider. Ein Geruch nach Schweiß und Parfüm lag über dem Raum. Man blieb stehen, wenn ich vorbeiging, man musterte mich. Plötzlich befand ich mich vor einem riesigen Spiegel, der vom Bodenteppich bis zur Decke reichte. Zum ersten Mal im Leben sah ich mein Spiegelbild in voller Größe.

Mit schmalen Schultern und engen Hüften schien ich in der weiten, weißwollenen Gandura größer als in Wirklichkeit. In einfachen glatten Wellen flossen meine von Fräulein Dalbert gekämmten Haare auf den Rücken nieder; der Mittelscheitel ließ auf meiner Stirn die Narbe sichtbar werden, jenen schmalen weißen Strich, den ich sonst unter den Zöpfen verbarg. Langsam trat ich näher, bis sich der Spiegel durch meinen Atem beschlug. Mit zitterndem Finger berührte ich die Narbe, und mit einem Mal war alles wieder da: Angst, wilde Träume und jene seltsame Krankheit, von der Chenani mich geheilt hatte...

Flüsternd beobachteten mich die Verkäuferinnen. Ich fuhr zusammen und tat einen Schritt rückwärts.

«Kommen Sie, trödeln Sie nicht herum!» rief Fräulein Dalbert. «Haben Sie noch nie einen Spiegel gesehen?»

Sie stieß mich weiter, zur Konfektionsabteilung, wählte erst Unterwäsche aus, dann ein Kleid, das ich in der Probierkabine anziehen mußte. Ich schämte mich, weil man meine Knie sehen konnte, und verwirrt stammelte ich, ich würde nie im Leben in einem solchen Kleid auf die Straße gehen.

«Daran gewöhnt man sich!» sagte Mademoiselle Dalbert und lachte. «Das Kleid steht Ihnen ausgezeichnet. Kommen Sie jetzt, wir müssen Schuhe kaufen.»

Schuhe, welche Qual! Ich stolperte darin dauernd und verrenkte mir die Knöchel. Ich hatte das Gefühl, meine Zehen seien von eisernen Zangen eingeklemmt.

Fräulein Dalbert ließ ihren Blick über mich hingehen:

«So, jetzt kann man sich mit Ihnen wenigstens sehen lassen!»

Kaum waren wir ins Hotel zurückgekehrt, da kam ein Wagen der Botschaft, um uns abzuholen. Ein langes schwarzes Auto, spiegelblank, mit einem Chauffeur, der beim Lächeln eine Reihe Goldzähne zeigte. Die weichen Sitze, in die man tief einsank, rochen nach Lackleder. Der Wagen fuhr unvermittelt an und raste so schnell davon, daß ich mich in einem Gefühl der Gleichgültigkeit damit abfand. Bei scharfen Kurven wurde ich gegen Mademoiselle Dalbert geschleudert, die stocksteif dasaß und nur ärgerlich hervorstieß:

«So halten Sie sich doch fest!»

Meine Füße schmerzten mich. Ich wollte die Schuhe ausziehen (schließlich sah ich nicht ein, weshalb ich sie im Wagen hätte anbehalten sollen!); aber Mademoiselle Dalbert hinderte mich daran.

«Früher oder später müssen Sie sich ja doch daran gewöhnen», sagte sie. «Also fangen Sie besser gleich damit an!»

Ihre Arroganz verschlug mir die Sprache. Ich war weder ihre Sklavin noch ihre Untergebene. Mit welchem Recht sprach sie mit mir in diesem unhöflichen Ton?

Bremsen kreischten, und der Wagen hielt am Rand des Gehsteigs in einer langen, von Laubengängen gesäumten Avenue, die zum Hafen führte. Der Fahrer beeilte sich, uns die Wagentür zu öffnen. Als ich ausstieg, zwinkerte er mir zu. Stolz wandte ich mich ab.

Dann sah ich das Meer: ruhig lag es da, weit wie die Wüste, von durchsichtigem, schimmerndem Blau. Längs dem Kai hatten Dampfschiffe angelegt. Ein Wald von Masten, roten oder schwarzen Schornsteinen, riesigen Kranen, umkreist vom wirren Schwarm der Möwen. Ich nahm den Geruch von Rauch, Benzin, Teer und feuchtem Tauwerk wahr, und mit einem Mal stieg eine ferne Erinnerung, der Hauch nur eines einst erlebten Sinneseindruckes in mir auf: dieses Meer hatte ich schon einmal gesehen! Schon einmal waren die verirrten Möwenschreie an mein Ohr gedrungen, und das Dröhnen der Schiffssirenen bei der Ausfahrt. Und diese vielfältigen Gerüche vom Hafen her, dieses mit nichts zu vergleichende Gemisch aus Düften verschiedenster Art, auch es war mir bekannt! Aber wo und wann war es mir schon einmal begegnet? Ich war doch im Hoggar geboren, mehr als zweitausend Kilometer von der Küste entfernt? Nie hatte ich die Wüste verlassen, bis auf den heutigen Tag. Kalter Schweiß trat mir auf die Stirn. Könnte es sein, daß Pasquier die Wahrheit sprach, wenn er sagte, ich sei gar keine Targui, und ich...?

Ich bohrte die Nägel in meine Handflächen. Mit aller Kraft verdrängte ich die wirren Bilder, die Gefühle, die da aus dem Abgrund der Vergangenheit aufstiegen. Ich weigerte mich, sie ins Bewußtsein aufzunehmen. «Denk nicht daran», rief ich mir zu, «vergiß alles! Vergiß es, sonst siehst du die Eltern und Chenani nie wieder!»

«Kommen Sie jetzt», sagte Mademoiselle Dalbert neben mir, und ihre Finger klammerten sich um meine Ellbogen.

Eine Glastür öffnete sich vor uns. Ein großer, heller, fast leerer Raum, mit Teppichen ausgelegt. Wieder wollte ich die Schuhe ausziehen, aus Höflichkeit dieses Mal. Beim Betreten eines Hauses legen wir stets die Schuhe ab. Aber wieder verwehrte es mir Fräulein Dalbert.

«Das gehört sich nicht!» sagte sie.

Eine Treppe führte nach oben. Hinter einer Tür hörte man ein trockenes, abgehacktes Klappern. Es war eine Schreibmaschine, wie ich später erfuhr. Fräulein Dalbert ließ mich in ein Zimmer treten, das durch Lamellenstoren vor der glühenden Mittagshitze geschützt war. An den Wänden hingen Landkarten und ein großes Bild in massivem Rahmen. Eine Landschaft mit schneebedeckten Bergen. Ein Mann mit graumeliertem Haar saß hinter einem mit Schriftstücken überladenen Schreibtisch. Hinter einer Hornbrille betrachteten mich braune Augen, neugierig und mit Wohlwollen. In seinem Blick lag Güte; ich wußte, diesem Mann konnte ich Vertrauen schenken.

Eine Handbewegung:

«Danke, Mademoiselle Dalbert, Sie können uns allein lassen.»

Fräulein Dalbert rauschte hinaus und schloß die Tür hinter sich. Still und unbeweglich stand ich in der Mitte des Zimmers und wartete. Der Mann lächelte, und sofort belebten sich die zahlreichen Falten seines Gesichtes.

«Nehmen Sie Platz», sagte er, «ich freue mich, Sie kennenzulernen.»

Langsam kauerte ich mich auf den Teppich nieder und zog die Beine an. Erstaunt blickte der Mann zu mir herab.

«Warum setzen Sie sich auf den Boden? Dort drüben steht ein Sessel...»

Hätte ich ihm gesagt, ich bewiese mein Vertrauen gerade dadurch, daß ich mich wie zu Hause auf den Boden setzte, er hätte mich sicher nicht verstanden. Also schwieg ich.

Einen Augenblick lang beobachtete mich der Mann schweigend und spielte mit seinem Füllfederhalter. Dann sagte er liebenswürdig:

«Wissen Sie, wer ich bin?»

«Nein, Herr», antwortete ich.

«Ich bin der Schweizer Botschafter. Das heißt, ich vertrete mein Land hier in Algerien.»

Er schaute mich an, als erwartete er eine Antwort. Ich rührte mich nicht. Er zögerte und blätterte in den Akten, die er vor sich liegen hatte.

«Unsere Botschaft steht vor einem sehr schwierigen Problem. Wenn ich recht verstanden habe, so verlebten Sie Ihre Kindheit bei den Tuaregs des Kel Rela-Stammes, nicht wahr? Und dieser Stamm zählt Sie zu den Seinen. Zufällig kam Herr Pasquier zu Ihnen ins Lager...»

Ich begann mich allmählich an die Art der Europäer zu gewöhnen, im Gespräch unmittelbar zur Sache zu kommen, ohne Einleitungsreden, ohne Tee oder sonst etwas. Ich senkte den Kopf:

«Er war verletzt. Wir pflegten ihn.»

«Sie haben ihm das Leben gerettet», sagte der Botschafter, «wir sind Ihnen dafür dankbar.»

«Der Mann war nicht glücklich bei uns», erwiderte ich trocken.

Ein ironisches Blitzen erschien in den Augen des Botschafters.

«Ich will offen mit Ihnen sprechen. Wir kennen Pasquier seit mehreren Jahren. Er besitzt ein Geschäft und ist recht vermögend. Seine Freizeit verbringt er mit Reisen. Er hat Kulturfilme für das Fernsehen gedreht und Artikel für Zeitungen geschrieben. Er behauptet, er kenne die Sahara sehr gut, aber über dieses Land kann man in Erstklaßhotels und Restaurants mit Klimaanlagen nichts erfahren...»

Sein Gesicht nahm einen besorgten Ausdruck an.

«Ich habe ihm abgeraten, für seine Reise das Flugzeug zu nehmen. Derartige Entfernungen kann man nicht mit einer kleinen Tourenmaschine bewältigen. Das Ganze ging übrigens schlimm aus, sein Freund, der Pilot des Flugzeuges, wurde getötet.»

«Ich weiß», sagte ich tonlos. Wie könnte ich je den Flammenblitz am Fuß des Hügels vergessen, die Schreie der im Feuerkreis eingeschlossenen Männer, und Chenanis Mehari, das brüllend zurückwich, in wahnsinniger Angst und mit Schaum vor dem Maul...?

Der Botschafter blätterte in seinem Aktenbündel.

«Pasquier ist Ihnen im Lager der Kel Rela begegnet. Er sah gleich, daß Sie nicht der Typ eines Targuimädchens waren, und schloß daraus, Sie seien europäischer Abkunft. Nach seiner Rückkehr nach Tamanrasset begab er sich auf die Unterpräfektur, um dort nähere Auskünfte einzuholen. Die meisten Akten waren während des Unabhängigkeitskrieges zerstört worden, aber ein ehemaliger Angestellter konnte eine wertvolle Information geben: vierzehn Jahre zuvor hatte ein Schweizer Ehepaar, das geologische Forschungsarbeiten durchführte, auf der Piste des Ilaman-Berges bei einem Autounfall den Tod gefunden. Die kleine Tochter, die damals zwei oder drei Jahre alt war, wurde nie wieder aufgefunden. Man vermutete, sie habe sich in der Wüste verirrt und sei dort vor Durst umgekommen. Pasquier setzte sich sofort mit uns in Verbindung. Tatsächlich waren die Akten über diesen Unfall in den Archiven der Botschaft noch zu finden. Die beiden hießen Jean und Carmela Wenger, der Name ihres Töchterchens war Elisabeth. Sie müßte gegenwärtig etwa siebzehn Jahre alt sein, also etwa so alt wie sie...»

Er sah mich nachdenklich an.

«Sie werden zugeben, daß eine verwirrende Übereinstimmung besteht!»

Ich antwortete nicht. Der Botschafter legte die Hände mit den gepflegten Nägeln ineinander.

«Pasquier hatte seither nur noch einen Gedanken: er wollte feststellen, daß Sie tatsächlich Elisabeth Wenger sind. Mit Hilfe von Sidi Aziz, dem Unterpräfekten von Tamanrasset, ist es ihm gelungen, Sie aus dem Lager wegzuholen...»

Eine Woge des Zornes überflutete mich. Die Hände auf den Knien verkrampft, warf ich ihm mit vor Wut tonloser Stimme entgegen:

«Aus dem brennenden Flugzeug haben wir ihn gerettet und ihn gepflegt, als er todkrank war. Zum Dank ist er ins Lager zurückgekommen, hat meine Eltern beschimpft und mich mit Gewalt entführt.»

Vor Zorn verlor ich all meine Selbstbeherrschung, ich zitterte vor Empörung; aber ich spürte deswegen nicht die geringsten Gewissensbisse.

«Zugegeben», sagte der Botschafter, «dieses Vorgehen ist nicht gerade taktvoll. Ich kenne Pasquier. Aber versetzen Sie sich an seine Stelle: Ein Mädchen aus seinem Land wiederfinden unter so seltsamen Umständen! Für ihn als Journalist ist das ein außergewöhnlicher Stoff, um den sich große Zeitungen reißen würden. Nun, wie auch immer: Ich bitte Sie um Entschuldigung für die Unannehmlichkeiten, die Sie auf sich nehmen mußten. Ich möchte nicht, daß bei Ihnen der Eindruck entsteht, derartige Methoden seien bei uns üblich.»

«Danke, Herr», sagte ich.

«Und jetzt weiter», nahm der Botschafter bedächtig seine Rede wieder auf. «Als im Ausland lebende Minderjährige unterstehen Sie der Schutzaufsicht der Botschaft und haben ein Recht auf unsere Betreuung während der Nachforschungen zur Abklärung Ihrer Identität und bis zur Wiederauffindung Ihrer Familie. Eine große Aufgabe, die uns da erwartet.»

Wovon sprach der Mann eigentlich? Mit einem Mal spürte ich nur noch meine Müdigkeit. Ich war so matt, daß ich mich auf dem Teppich hätte ausstrecken und sofort einschlafen mögen.

«Herr», sagte ich klagend, «helfen Sie mir, bitte!»

Zum ersten Mal hatte ich um etwas gebeten. Ich war am Ende meiner Kraft und meines Widerstandes.

«Ich helfe Ihnen, so gut ich kann», sagte der Botschafter. «Dafür bin ich da.»

«Dann lassen Sie mich nach Hause zurückkehren!»

Er runzelte die Stirn: «Nach Hause, wo ist das?»

«Ja... aber», stottere ich, «zu den Kel Rela.»

Ein Ausdruck von Verstehen glitt über das Gesicht des Botschafters.

«Es tut mir leid, Mademoiselle, aber das kann ich nicht! Sehen Sie, solange nicht bewiesen ist, daß Sie *nicht* Elisabeth Wenger sind, müssen Sie sich zur Verfügung der Botschaft halten. Ich weiß, welches Opfer das für Sie bedeutet, aber Sie dürfen sicher sein, alles, was wir tun, ist nur zu Ihrem Besten.»

Er hob den Hörer des Telephons auf seinem Schreibtisch ab und schloß lächelnd:

«Fräulein Dalbert hat einen eigenen Charakter, Sie werden sich mit ihr wohl kaum auf längere Zeit gut verstehen. Ich will meine Frau rufen, sie wird sich freuen, wenn Sie bei uns wohnen. Übrigens kommt unsere Tochter, die gegenwärtig in Europa ist, in einigen Tagen nach Algier zurück. Sie ist fast gleich alt wie Sie, und ich bin sicher, Sie werden gute Freundinnen werden.»

5. KAPITEL

Vor dem Wagen wartete Pasquier auf mich. Frisch rasiert lächelte er mich an. Erstaunt betrachtete ich ihn; ihn in guter Laune zu sehen, war für mich recht ungewohnt.

«Also, was sagen Sie? Der Herr Botschafter hat mir versprochen, er werde sich persönlich um alle weiteren Schritte kümmern. Unsere Angelegenheit könnte ja in gar keinen besseren Händen sein!»

Ich wandte den Kopf ab. Alles war mir gleichgültig. Ich fühlte nur noch eine große Leere im Herzen und jenes unerträgliche, schmerzliche Heimweh nach unseren Zelten, nach dem Lagerfeuer, nach einer sanften Stimme und einem Lächeln.

Pasquier gab dem Fahrer das Zeichen zur Abfahrt. Dann ließ er sich auf den Sitz fallen und zündete eine übelriechende Zigarre an.

«Die Frau des Botschafters nimmt Sie in ihrem Heim auf», begann er wichtig. «Ich hoffe, Sie wissen das zu würdigen und benehmen sich nicht so wie daheim.»

Diese Beleidigung ließ mich sprachlos. Ich hatte geglaubt, auf dem tiefsten Grund meiner Erniedrigung angelangt zu sein, und schon öffneten sich neue Abgründe der Schande und Demütigung vor mir. Mein Stolz verbot mir eine Antwort auf seine Beleidigung, ja auch nur eine Anspielung darauf. Mit zusammengebissenen Zähnen bewahrte ich Schweigen...

Auf einem Hügel über der Stadt hielt der Wagen. Die weiß-verworrene Masse durcheinandergewürfelter Häuser fiel sanft gegen die Bucht hin ab. Am Horizont verschmolzen Meer und Himmel zu bläulichem Dunst, über den einzelne Lichtsprenkel tanzten. Pasquier befahl dem Fahrer zu warten und ging auf ein weißes Haus mit grünen Läden zu, das inmitten eines blühenden Gartens mit Lorbeerbäumen lag. Eine kabylische Dienerin öffnete uns die Tür. Ihre Augen mit gelblicher Hornhaut umfaßten mich mit verstohlen-durchdringendem Blick. Auf dicken Pantoffeln lief sie geräuschlos dahin und führte uns in einen Salon, der sich auf eine weite Terrasse zur Bucht hin öffnete. Ich betrachtete die Teppiche, die Tapeten, die zierlichen mit Nippsachen überladenen Möbel. Berber-Halsketten aus massivem Silber, mit Korallen und Türkisen verziert, und eine ganze Sammlung ziselierter Dolche dienten als Wandschmuck. Noch nie hatte ich so viele Reichtümer an einem Ort gesehen! Alles war prächtig, traumhaft-unwirklich.

Eine Frau trat ein. Sie mochte etwa vierzig Jahre alt sein. Das kunstvoll frisierte Haar umrahmte ein lebhaftes Gesicht. Sie trug ein weißes Kleid und eine Goldbrosche. Wir Tuareg tragen nie Goldschmuck; man sagt bei uns,

Gold verderbe die menschliche Seele. Die Europäer schätzen Gold sehr.

«Guten Tag, Elisabeth», sagte die Frau mit fester, ein wenig rauher Stimme. «Willkommen! Hoffentlich gefällt es Ihnen bei uns.»

Zum ersten Mal – Pasquier ausgenommen – nannte mich jemand bei diesem fremden Namen. Beschämt über meine Unhöflichkeit, aber unfähig, mich zu beherrschen, sagte ich leise:

«Ich bin nicht Elisabeth... Ich bin Mariemma...»

Die Dame schüttelte den Kopf und lächelte.

«Ihr richtiger Name ist Elisabeth. Das ist ein hübscher Name. Sehen Sie, mein Kind, Sie werden sich jetzt an einen anderen Lebensstil gewöhnen müssen. Und dabei möchte ich Ihnen gerne helfen.»

Sie streckte mir die Hand hin. Ich betrachtete ihre Ringe und goldenen Armbänder. Ich zögerte kurz, streckte dann ebenfalls meine Hand aus und berührte die ihre, Handfläche gegen Handfläche, so wie es bei uns der Brauch ist. Dann zog ich meine Finger schnell wieder zurück. Die Dame ließ ein tiefes, wohlklingendes Lachen hören.

«Sie ist reizend, Ihre kleine Schutzbefohlene», sagte sie zu Pasquier.

Diese Frau empfand Sympathie für mich; vielleicht meinte sie es ehrlich, wenn sie mir ihre Freundschaft anbot? Ich wußte es nicht, wozu auch? Niemand konnte mir helfen, niemand konnte mich aus meiner Einsamkeit befreien.

«Ich glaube, Sie gefallen ihr», bestätigte Pasquier. Er

sprach von mir, als ob ich gar nicht da wäre. «Sie kann aber furchtbar starrköpfig sein», fügte er hinzu.

Die Dame brach in Lachen aus.

«Da sollten Sie meine Tochter kennenlernen!» Und heiter fuhr sie fort: «Ich glaube, Sie haben da unten im Süden ein wenig die Zivilisation vermißt...»

Pasquier nickte.

«Und wie! Verdorbene Nahrungsmittel, schmutzige Betten voller Ungeziefer, sanitäre Anlagen, die nicht funktionierten oder gar nicht vorhanden waren. Und einen vollen Monat lang kein einziges Glas Bier!»

«Nein, wirklich?» sagte die Dame, höflich-ironisch. «Möchten Sie zum Aperitif dableiben?»

Pasquier schien den Spott dieser Frage nicht zu bemerken. Er bedankte sich. Er hätte noch eine Verabredung in der Stadt und müsse wegfahren.

«Wenn Sie gestatten», fügte er bei, «dann möchte ich morgen mit einigen Journalisten vorbeikommen, um ein paar Aufnahmen von dem Mädchen zu machen.»

«Journalisten?» Madame runzelte die Stirn. «Ist das wirklich nötig? Die erschrecken sie nur mit ihren Fragen!»

«Ich dachte, es sei gut, die Geschichte in die Presse zu bringen», erklärte Pasquier, «das könnte bei den Nachforschungen helfen.»

«Wie sie wollen», sagte Madame mit unzufriedener Miene.

Pasquier verabschiedete sich. Die Frau des Botschafters nahm mich wie ein Kind an der Hand und zog mich in einen mit schweren Kissen bedeckten Sessel, in dem ich förmlich versank. Immer wieder versuchte ich, meinen Rock über die Knie zu ziehen. Jetzt läutete Madame ein Glöckchen, und die kabylische Dienerin schlurfte in ihren Pantoffeln herein.

«Oucha, bring uns Fruchtsaft. Martini wird Elisabeth wohl kaum schätzen!»

Sie nahm eine Zigarette und ließ das Feuerzeug aufschnappen. Gebannt starrte ich auf sie. Zum ersten Mal sah ich eine Frau rauchen.

«Und nun erzählen Sie!» sagte sie fröhlich. «Sie sind also bei den Tuaregs aufgewachsen. Das sind doch diese Nomaden, nicht wahr, bei denen die Männer sich verschleiern und die Frauen das Gesicht unbedeckt tragen?»

«Ja», sagte ich, «so ist es Brauch bei uns.»

«Das sind merkwürdige Sitten! Können Sie mir erklären, warum?»

«Es war immer so», antwortete ich ausweichend.

«Wie leben diese Tuareg eigentlich?» fragte Madame neugierig weiter. «Stimmt es, daß sie sich nie waschen und im Sand schlafen?»

Ob die Europäer nie merken, in welche Verlegenheit sie uns mit solchen Fragen bringen! Ich hätte antworten können: Madame, Wasser ist selten in der Wüste. Man kann doch nicht einfach einen Hahn aufdrehen, so wie hier. Wir haben gerade genug Wasser zum Trinken, zum Kochen und für die Wäsche. Nach jeder Mahlzeit waschen wir Gesicht und Hände, das ist ein ritueller Brauch. Wenn es einmal geregnet hat, füllt das Wasser die Gueltas, unsere Brunnen, und dann können wir endlich baden. Das ist ein großes Fest, alle Kinder feiern es mit Begeisterung! Sie können mir glauben, wir schätzen die Sauberkeit genau so wie Sie! Und wegen dem Im-Sand Schlafen!

Nur die Karawanenreiter schlafen im Sand: Der Sand bewahrt die Sonnenwärme, und die Nächte im Hoggar sind kalt. In unseren Hütten und Zelten haben wir Teppiche. Niemals setzt sich ein Targui edler Herkunft in den Sand. Unser Leben ist dem Land, in dem wir wohnen, angepaßt. Die Wüste ist unser Verbündeter; aber ein unberechenbarer, rebellischer Verbündeter. In der Wüste leben heißt sich ihr angleichen, zu unserer Rettung, so wie die Haut der Eidechse sich der Farbe der Steine angleicht...

All dies hätte ich antworten können, aber ich schwieg. Ich kannte diese Frau noch nicht lange genug, als daß ich Lust zu derartigen Erklärungen empfunden hätte.

Sie lächelte und schien durch mein Schweigen keineswegs aus der Fassung gebracht.

«Sicher haben Sie nie eine Schule besucht?» fragte sie dann.

«Nein, aber ich kann unsere Schrift, das Tifinach, lesen. Und auch Arabisch und Französisch lese ich.»

Ich hätte sie nicht mehr in Erstaunen versetzen können.

«Sie können Arabisch lesen und Französisch! Aber wo haben Sie das alles gelernt?»

Ich zuckte die Achseln. «Wir sind der adelige Stamm der Kel Rela. Es ist gut, wenn die Kinder des Amrar lesen können. Tifinach lernte ich bei meiner Mutter, sie schrieb uns die Zeichen in den Sand. Für Arabisch und Französisch ließen meine Eltern einen algerischen Lehrer kommen. Er zog mit uns von Lager zu Lager.»

«Das ist ja ganz außerordentlich!» rief Madame verwirrt. «Nie hätte ich mir so etwas vorgestellt!»

Ich war etwas verärgert über dieses Erstaunen. Wahrscheinlich dachte sie, wir seien eine Horde unzivilisierter, roher Barbaren; aber so sind die Europäer: sie meinen, nur sie seien vollkommen, nur sie seien in allem überlegen, und nur widerstrebend geben sie zu, daß es auch eine andere Denkweise und Lebensart geben könne. Alles, was nicht so ist wie sie, stört sie und macht sie schlechter Laune. So vollkommen erscheint ihnen die westliche Zivilisation, daß sie jede andere Kultur, die von der ihren verschieden ist, als persönliche Beleidigung ansehen. Und so ist unser Fehler gerade der, daß wir gegen alle Erwartungen eben keine «Wilden» sind!

Zum Unterschied von Pasquier, der eitel und uneinsichtig war, zeigte sich Madame feinfühlig und gutherzig. Sie hatte noch nie einen Tuareg gesehen und kannte unsere Sitten und Gebräuche nur vom Hörensagen.

«Wirklich, ich bin sprachlos!» gab sie zu. «Ich dachte, ich könnte Sie vieles lehren, und nun sehe ich, daß...»

Sie brach in ein Lachen aus:

«Großer Gott, Sie sind ja völlig anders, als Pasquier Sie mir geschildert hat!»

Pasquier, dachte ich, ist so dumm wie jene tagblinden Meharis, die erst etwas sehen, wenn es Nacht wird. Aber ich sagte nichts, ich war schon unhöflich genug gewesen.

«Wir haben eine 18jährige Tochter, Stephanie heißt sie», nahm Madame das Gespräch wieder auf. «Sie studiert in der Schweiz, aber bald kommt sie hierher in die Ferien. Einmal begleitete sie meinen Mann bis Aïn Salah und kam von dort völlig verzaubert zurück. Jetzt träumt sie nur noch davon, einmal dorthin zurückzukehren.»

«Aïn Salah», sagte ich leise, «ich kenne Aïn Salah!»

Einmal war ich der Karawane meines Vaters gefolgt, als er zum großen jährlichen Kamelmarkt dorthin gezogen war, um selbst seine wertvollsten Meharis zu verkaufen. Ich führte die Hand zur Stirn. Wozu diese Erinnerungen wachrufen?

«Das trifft sich ja gut», sagte Madame aufgeräumt, «Ihr wißt dann wenigstens, worüber Ihr euch unterhalten könnt.»

Dann fragte sie mich, ob ich Hunger hätte.

Mein Magen war wie zugeschnürt, nicht einmal meinen Orangensaft hatte ich angerührt, und so schüttelte ich den Kopf.

«Kommen Sie», sagte Madame, «ich will Ihnen Ihr Zimmer zeigen.»

Das Zimmer war sehr hell, mit weißgekalkten Wänden. Ein Bett mit buntgestreiftem Überwurf; Regale, mit Büchern vollgestopft, reichten bis zur Decke.

«Gefällt Ihnen das Zimmer, Elisabeth?» fragte Madame.

Sie hielt geflissentlich an diesem Namen fest. Ich senkte den Kopf und unterdrückte einmal mehr meinen Widerspruch. Auch jetzt nickte ich nur.

«Ich muß jetzt gehen», sagte Madame schließlich mit einem Blick auf die Uhr. «Wenn Sie etwas brauchen, Oucha steht zu Ihrer Verfügung.»

Sie schenkte mir ein liebenswürdiges Lächeln, dann ging sie aus dem Zimmer und schloß die Tür. Instinktiv lauschte ich; aber ich vernahm kein Geräusch eines sich drehenden Schlüssels. Mit gekrümmtem Rücken und herabhängenden Händen blieb ich mitten im Zimmer stehen. Dann beugte ich die Knie und setzte mich auf den Fußboden, den Blick vor mich hin ins Leere gerichtet.

6. KAPITEL

Auch diese Nacht konnte ich nicht im Bett schlafen. Ich streckte mich auf dem Fußboden aus, wickelte mich in eine Decke und legte den Kopf auf ein Kissen. So fand mich Oucha am anderen Morgen, als sie mich wecken wollte. Sie stieß einen Schrei aus und redete arabisch auf mich ein:

«So etwas! Auf dem Boden schlafen wie ein Esel! Man sieht doch gleich, du bist nie aus deinem gottverlassenen Dorf herausgekommen!»

Mit einem Ruck richtete ich mich auf, ergriff das Kissen und warf es ihr an den Kopf.

«Schweig! Was geht's dich an, wie ich schlafe? Mach daß du hinauskommst!»

«Aber... die ist total verrückt!» stammelte Oucha und verließ Hals über Kopf das Zimmer.

Ich kauerte mich auf den Boden und wollte, schlecht gelaunt, gerade mein Haar kämmen, als Madame ins Zimmer trat.

«Elisabeth, was ist geschehen? Oucha ist außer sich!»

Madame trug einen Morgenrock und hielt eine Zigarette zwischen den Fingern. Der Tabakgeruch, so früh am Morgen, verursachte mir Übelkeit.

«Sie hat eine völlig unnötige Bemerkung gemacht»,

erklärte ich wütend. «Ich bin das von Untergebenen nicht gewöhnt.»

Madames Blick wanderte verwundert vom unberührten Bett zur zusammengeknüllten Decke auf dem Fußboden.

«Im Ernst, Elisabeth, haben Sie tatsächlich auf dem Boden geschlafen?

«Ja, Madame», preßte ich zwischen den Zähnen hervor.

Einen Augenblick lang sah sie mich verwundert an. Dann brach sie in Lachen aus.

«Welch sonderbares Geschöpf! Immer mit dem Kopf durch die Wand! Ziehen Sie sich an und kommen Sie zum Frühstück! Pasquier und seine Journalisten werden bald da sein.»

«Jou... Journalisten?» stammelte ich verwirrt.

«Eine Idee von Pasquier!» sagte Madame und zuckte die Achseln. «Aber keine Angst, die tun niemandem etwas! Und ich lasse Sie nicht allein!»

Kaum hatte ich Kaffee getrunken, als die Hausglocke ertönte. Pasquier erschien in Begleitung von zwei jungen, schwatzenden Algeriern mit umgehängten Photoapparaten. Der dritte, ein älterer Mann mit unordentlich gebundener Krawatte, hantierte mit einer Kamera, die überall mit Kurbeln und Hebeln versehen war. Alle setzten sich im Halbkreis um mich auf den Diwan, und Madame bot ihnen Getränke und Zigaretten an.

«So, Fräulein Wenger», sagte Pasquier aufgeräumt, «gut geschlafen? Sind Sie bereit, Fragen zu beantworten?»

Madame warf mir ein ermutigendes Lächeln zu. In meine Ecke geduckt, senkte ich den Kopf und verkrampfte die Hände über den Knien. Diese Männer beleidigten mich mit ihren zudringlichen Blicken. Am liebsten hätte ich mich vor ihnen in einen Winkel verkrochen. Jetzt richtete einer von ihnen, ohne lange zu fragen, seinen Photoapparat auf mich. Grelles Licht erhellte wie ein Blitz das Zimmer. Ich wandte mich geblendet ab.

«Nur keine Angst, Mademoiselle», sagte der Journalist, «zeigen Sie uns doch Ihr Gesicht!»

«Sie ist sonst gar nicht schüchtern!» sagte Pasquier und kostete sein Bier mit Kennermiene.

Alle lachten, außer dem dicken Mann, welcher mit der Zigarette im Mundwinkel schweigend an seiner Kamera herumfingerte.

«Sliman», sagte der zweite Journalist – er war lang aufgeschossen und trug eine goldgeränderte Brille –, «man kann nicht ernsthaft arbeiten, wenn du dabei bist.»

Er beugte sich so nahe zu mir herüber, daß ich seinen Atem spürte. Hinter den dicken Brillengläsern schienen seine Augen grün wie die einer Kröte.

«Die Kultur hier, was machte sie Ihnen für einen Eindruck?» Mit ausholender Geste deutete er auf die zahlreichen Nippsachen und die Teppiche des Salons. «Sicher haben Sie gestaunt über all das, oder nicht? Hatten Sie schon einmal einen Kühlschrank gesehen oder einen Fernsehapparat?»

«Nein, Herr», erwiderte ich ruhig.

«Vermutlich hat sie auch noch nie im Leben ein Bad genommen?» lachte Pasquier und warf Madame einen Blick zu. Sie zuckte mit keiner Wimper.

«Ich bin ein halbes Jahr lang unten im Süden gewesen»,

unterbrach ihn Sliman und schlug die Beine übereinander. «Also lustig war das nicht: mörderische Hitze, Fliegen, unappetitliche Kneipen. Hotels, wo einem der Gips von der Decke auf den Kopf fällt. Ich war glücklich, als ich wieder zurück war aus dieser Wildnis!»

Er hob die Schultern und musterte mich. «Wenn die Mädchen zwölfjährig sind, sperrt man sie ein, und niemand sieht sie mehr. Das stimmt doch, oder...?»

Ich betrachtete sein Gesicht, seine unruhigen Augen, und ich begann ihn aus tiefster Seele zu verachten.

«Die Araber sperren ihre Frauen ein», erwiderte ich, «die Tuareg niemals!»

«Oh, Entschuldigung», sagte Sliman und schnitt eine Grimasse, «habe völlig vergessen, daß bei euch die Frauen Dolche tragen, und die Männer sich verschleiern. Verkehrte Welt, was?»

Alle lachten.

«Kennen Sie die Geschichte von den Tuareg-Frauen?» begann Sliman wieder. «Die sollen einmal ihre Männer gezwungen haben, sich nach einer verlorenen Schlacht zu verschleiern, weil sie sich als Feiglinge schämen mußten. Und dabei ist's dann wohl geblieben, bis heute.»

Mein Mund war trocken, meine Hände schweißnaß. Hätte ich nur meine Reitpeitsche hier gehabt, ich hätte sie ihm übers Gesicht gezogen. Ich hätte ihn anschreien mögen, daß die Tuareg noch nie eine Schlacht verloren, daß sie den Hoggar zu einer uneinnehmbaren Festung machten, und daß man nur ihren Namen zu nennen brauchte, um die Araber in die Flucht zu schlagen! Nicht einmal die Franzosen haben uns je unterwerfen können!

Jemand stieß einen Pfiff aus. Es war der Dicke mit der Kamera. Plötzlich schwenkte der Apparat sein offenes Auge auf mich zu und näherte sich mir langsam wie ein schwarzes Untier, während ein schwaches Summen ertönte. Ich schrak zurück und schlug instinktiv die Hände vors Gesicht. Durch das Rauschen des Blutes in meinen Ohren drangen Lachen und Pasquiers Stimme.

«Los!» rief er verärgert und voll Ungeduld, «nehmen Sie Ihre Hände vom Gesicht!»

«Nun bringen Sie sie doch nicht ganz durcheinander!» rief Madame empört, «Sie sehen doch, sie ist schüchtern.»

«Ich würde eher sagen überempfindlich», sagte Sliman. «Die Tuareg sind alle so. Nerven gleich unter der Haut! Darum kann mit diesen Leuten auch niemand auskommen. Pasquier könnte ein Liedchen davon singen...»

«Und ob!» bestätigte Pasquier.

Der Journalist mit der dicken Brille wandte sich an Madame:

«Konnten Sie ihre Familie schon erreichen...? Ich meine, die wirklichen Angehörigen?»

«Mein Mann hat die nötigen Schritte eingeleitet», antwortete Madame kühl.

«Wer weiß, vielleicht ist sie verheiratet?» fing Sliman wieder an und jonglierte mit einem Photoapparat. «Man verheiratet sie jung in dieser Gegend und fragt nicht lang, ob sie damit einverstanden sind. Nicht wahr?»

Ich blickte Madame an, die nervös an ihrer Zigarette zog, und sagte tonlos:

«Bitte, ich möchte jetzt auf mein Zimmer gehen.»

«Armes Kind», sagte Madame mitleidig, «Sie haben

sie vollständig verwirrt.» Wütend zerdrückte sie die Zigarette und wandte sich an den verdutzten Pasquier: «Genug jetzt! Lassen Sie sie in Ruhe! Den Herren von der Presse gebe ich die nötigen Auskünfte.»

«Aber...», begann Pasquier.

Madames Hand berührte meine Schulter. «Sie können gehen, Elisabeth.»

Mit steifen Knien erhob ich mich und schritt langsam zur Tür. Jemand rief: «Noch ein Photo!», aber ich wandte mich nicht um.

Ich gelangte in mein Zimmer, schloß die Tür und drehte den Schlüssel um. Ein scheußliches Kopfweh preßte mir die Schläfen zusammen. Ich fiel auf die Knie und stützte den Kopf auf den Bettrand. Ich biß in die Decke und hämmerte mit geballten Fäusten gegen den Bettfuß. Ich begriff nichts mehr, erwartete nichts mehr. Nur noch das Gefühl einer namenlosen, maßlosen Scham erfüllte mich. Aber warum eigentlich, warum...?

7. KAPITEL

Bei meinen Streifzügen durchs Haus fiel ich von einem Erstaunen ins andere. Da war eine ganz weiße Küche mit seltsamen Apparaten, das Badezimmer mit der kalten oder heißen Dusche, mit den parfümierten Seifen und den weichen Handtüchern. Ich lernte den Staubsauger kennen, das Fernsehen, den Plattenspieler und die Siphonflaschen mit Eiswasser. Zum ersten Mal im Leben aß ich frischen Fisch, Langusten mit Mayonnaise, Schokolade-

und Nußtorte und viele Arten von Gemüsen und Salaten. Dieser Überfluß bei Tisch setzte mich in Erstaunen. Bei uns zu Hause ist die Nahrung sehr einfach. Kus-Kus aus Hirsekörnern – welche Dienerinnen in einer Kürbisschale zerstampfen –, Hammelfleisch und Datteln bilden unsere Mahlzeiten. Im allgemeinen trinken wir nur Wasser. Kamel- und Ziegenmilch ist für Kinder, Kranke und junge Mütter da. Manchmal bieten wir sie auch den Gästen an, als Zeichen guter Freundschaft. Nahrung, das ist für uns nicht etwas, das Gott uns schuldet, sondern ein Geschenk, das uns jeden Tag neu zuteil wird.

Am Abend kamen oft Gäste. Frauen in seltsamen und sehr kurzen Kleidern, Männer, die selbstsicher auftraten, viel redeten und ständig ein Glas in der Hand hielten. Gruppen bildeten sich; die Aufmerksamkeit aller richtete sich auf mich. Man musterte mich, stellte mir Fragen, die ich so höflich wie möglich zu beantworten suchte. Aber die meiste Zeit saß ich stocksteif in einer Ecke des Diwans, schwieg und ließ nie ein Lächeln sehen. Damals, nach jenem unglückseligen Auftritt mit den Journalisten, hatte ich mich einen ganzen Tag lang geweigert, das Zimmer zu verlassen. Seither war Madames Interesse für mich mehr und mehr zu einer lebendigen, aufrichtigen Sorge geworden. Es stimmte sie traurig, mich stets so allein und abseits von allen anderen zu sehen. Sie trat zu mir und bot mir Salzmandeln und Pistazien an. Während sie ihre ringgeschmückten Hände über mein Haar gleiten ließ, atmete ich den Duft ihres Parfums.

«Nicht so traurig sein, Elisabeth. Lächeln Sie, setzen Sie sich zu uns! Jeder hat Sie doch gern hier, jeder möchte nett sein zu Ihnen. Lassen Sie einmal alles hinter sich und versuchen Sie, sich zu freuen!»

Selbst ihr zu Gefallen wäre ich nicht dazu imstande gewesen; ich hatte ja nie gelernt, mich zu verstellen. All diese Leute hier bedeuteten mir nichts. Auf ihren Gesichtern las ich nur Neugierde. Wie ein seltenes Tier kam ich mir vor, das sich durch Zufall hierher verirrt hatte. Selbst das Antworten auf die höflichsten Fragen war mir eine Qual. Zu sehr fürchtete ich mich vor aufdringlichen Worten, die mich hätten beleidigen oder verletzen können. Ach, allein sein, irgendwo, wo niemand mich ausfragte, niemand mir zu nahe trat! Meine Gedanken waren weit weg von hier, und die Mühe, die ich aufwenden mußte, um diesen Leuten näher zu kommen und mit ihnen Kontakt zu finden, ging über meine Kräfte.

Ich war daran gewöhnt, im Freien zu leben, und glaubte im Hause ersticken zu müssen. Die Terrasse war bald mein Lieblingsplatz. Stundenlang konnte ich dort sitzen, den Blick aufs Meer gerichtet. In unberührter Bläue lag es am Morgen vor mir. Als leuchtender Spiegel warf es gegen Mittag die ganze feurige Gewalt des Himmels wieder zurück, und unter den schräg einfallenden Strahlen der Nachmittagssonne wandelte es sich in tiefes Blau. Am Abend glühte es auf in Purpur und Gold und riß die rote riesenhafte Sonne zu sich hinab. Meer... Wüste! Die weite Fläche des Wassers erinnerte mich an die sanften Sanddünen unter dem flimmernden Licht. Ich ertappte mich dabei, wie ich in den Wogenkämmen die steilen Felszacken der Heimat wiederzufinden suchte. Ich dachte an meine Eltern, an Aicha, die Schwester mit den braunen

Zöpfen. Und auch an Chenani dachte ich. Immer wieder sagte ich seinen Namen vor mich hin, als hätte er auf den Schwingen des Windes herbeieilen und mich in weite Räume entführen können, hinweg in jenes ausgedörrte Land, das ich liebte. Ich sah das Meer, die Bucht und die Häuser. Wie ein Messer zerschnitt sie die Sonne in scharf begrenzte Stücke aus Licht und Schatten. Die Stunden verrannen, ich starrte regungslos vor mich hin.

Damals sah ich Stephanie zum ersten Mal. Noch steht mir jener Abend genau im Gedächtnis: Hitze und Helligkeit waren im Abklingen, Vogelstimmen verkündeten das Kommen der Nacht. Das Meer, violett getönt, glänzte wie Seide. Ich saß hingekauert auf der Terrasse, das Kinn auf die Hände gestützt, und dachte an die Abenddämmerung in der Wüste, wo die Sonne flammend zum Horizont hinrollt. Ich spürte plötzlich, daß sich jemand in meiner Nähe befand, und hob den Kopf. Auf der Schwelle stand ein Mädchen und beobachtete mich. Ihre schwarzen, widerspenstigen Haare reichten bis zum Hals. Sie trug weite, weiße Hosen, einen Rollkragenpullover und hielt einen Stoß Schallplatten im Arm. Wir musterten uns schweigend. Es war, als fließe ein geheimnisvoller Strom von ihr zu mir herüber, ein Anruf gleichsam.

Nach einer Weile nickte sie mir zu und sagte nichts weiter als:

«Komm!»

Und ich, die ich sonst nie einem Befehl gehorchte, erhob mich wortlos und folgte ihr. Stephanie führte mich in ihr Zimmer, das ich noch nie gesehen hatte. Auf dem

Fußboden, dem Bett, dem Tisch herrschte eine unbeschreibliche Unordnung. Da lagen, überall verstreut, Bücher, Schallplatten, Kleider, da standen noch unausgepackte Koffer.

Leicht durchschritt das Mädchen das Zimmer und hob eine schwere Schreibmaschine von einem Plattenspieler, der auf dem Fußboden stand. Noch immer ohne ein Wort stöberte sie im mitgebrachten Schallplattenstapel und nahm eine Platte heraus. Sie schaute mich lächelnd an und hob ihre Brauen ein wenig.

«Joan Baez, hörst du sie gern?»

Der Name der Sängerin sagte mir nichts, aber ihre rein und klar dahinfließende Stimme weckte in mir ein Echo vertrauter Verwirrung. Ich nickte. Stephanie stieß mit dem Fuß ein paar Schuhe zur Seite und setzte sich mit gekreuzten Beinen auf den Teppich.

«Komm, mach dir's bequem», sagte sie und deutete auf den Boden.

Wieder schauten wir uns an, ohne ein Wort zu sagen. Ihr Gesicht war schmal: glatte Backenknochen, bebende Nasenflügel, braune Augen zwischen langen Wimpern, mit einem seltsamen Ausdruck träumerischer Ironie.

«Du bist Mariemma, nicht wahr?» sagte sie. «Man hat mir viel von dir erzählt. Ich wollte dich kennenlernen!»

Wie sollte ich meiner Erregung Herr werden? Stephanie hatte mich mit meinem wirklichen Namen angeredet! Mir wurde warm ums Herz, und ich flüsterte:

«Hier nennen sie mich Elisabeth.»

Sie hob die Schultern und antwortete ohne Umschweife:

«Wieso? Kein Mensch kann das beweisen! Du hast immer Mariemma geheißen. Und überhaupt, unter uns gesagt, mit deinem Gesicht kann man gar nicht Elisabeth heißen.»

Sie lachte, und ich lächelte zu ihren Worten. Stephanie strich sich eine Haarsträhne aus der Stirn.

«Ich bin in einem Institut in der Schweiz und soll dort studieren. Aber Europa geht mit auf die Nerven. So klein ist alles, man erstickt dort.»

Sie neigte sich zu mir, und plötzlich nahm ihr Gesicht einen anderen Ausdruck an:

«Einmal war ich im Süden, in Aïn Salah. Ich habe die Wüste gesehen. Und ich bin den Tuareg begegnet...»

Mit halb geschlossenen Augen sprach sie weiter:

«Es war abends, auf dem Markt. Sie saßen im Kreis um ein Kohlenbecken. Ich trat dicht zu ihnen heran...»

Sie führte die Hand zum Mund, und als sie sie wieder senkte, sah ich auf ihrer Handfläche die Spuren ihrer Zähne.

«Irgendetwas ist geschehen. Ich bin wie durch einen Spiegel hindurchgeschritten. Seither ist nichts mehr so wie es vorher war...»

«Durch den Spiegel hindurchgeschritten? Was soll das heißen?» fragte ich leise.

Sie lächelte ein wenig verwirrt:

«Es ist ein Bild. Man schreitet durch den Spiegel hindurch, um jenseits eine andere Welt zu finden. Ich habe die Wirklichkeit verlassen, die Wirklichkeit, die uns hier umgibt. Ich fand eine andere, so viel greifbarere und fühlbarere...» Sie seufzte. «Das hat mich richtig krank gemacht. Ich wußte nicht mehr, wo ich mich befand, ich fragte mich, wie ich diese ganzen Jahre zuvor überhaupt hatte leben können. Studieren, Freundinnen, Tennis, Schwimmen, Mama und ihre Parties... All das kam mir jetzt unnötig, sinnlos vor. Als hätte ich mein bisheriges Leben damit verbracht, mich im Leeren zu bewegen...»

Sie hielt inne. Starr blickte ich sie an. Knapp eine Stunde zuvor hatte ich noch nichts gewußt von diesem Mädchen. Und schon verband mich mit ihr eine überwältigende Freundschaft, die sich nur aus einem intensiven, uns beiden verbindendem Gefühl erklären ließ.

Stephanie lächelte: «Sehr gesprächig bist du wohl nicht?»

«Ist das nötig», fragte ich leise.

Ich streckte die Hand aus und streifte ihre Schulter. Stephanie zuckte zusammen. Die klare, strahlende Stimme von Joan Baez stand eindringlich im Raum.

Stephanie erhob sich unvermittelt. Sie raffte ein Kleid auf und faltete es mit fiebrigen Bewegungen zusammen.

«Nachher bin ich ziellos durch die Straßen gegangen. Die Krämerbuden waren geschlossen, manchmal leuchtete der Schein einer Öllampe aus dem Dunkel. Ich durchquerte die Stadt und kam in den Palmenhain. Es gab da einen Teich. Ich streckte mich im Sand aus und betrachtete den Himmel. Ich fühlte mich wie berauscht, mir war, als höbe sich der Boden unter mir, als dehne er sich wie eine Riesenschleuder und werfe mich hinaus in den Raum. Dann muß ich eingeschlafen sein. Ich erwachte, erstarrt vor Kälte. Ich rannte ins Hotel zurück. Mein Vater hatte in seiner Angst bereits die Polizei alarmiert...»

Ihr unbezähmbares Lachen erfüllte den Raum.

«Ach, das war eine Geschichte!» Ihr Gesicht wurde wieder ernst, und mißmutig fügte sie hinzu:

«Dann hat er mir verboten, allein herumzulaufen. Ich mußte immer bei ihm bleiben und konnte nicht mehr zum Markt zurück...»

Sie war endlich mit ihrem Kleid fertig geworden und warf es mit einem Seufzer auf's Bett.

«So oder so ist das alles jetzt ja nicht mehr wichtig...»

Ich antwortete nichts. Stephanie kauerte gewandt neben mir auf den Boden und schaute mich prüfend an.

«Wundert es dich, daß ich dir das alles erzähle? Mir ist, als kenne ich dich schon sehr lange! Manchmal habe ich das Gefühl, ich hätte dich nur irgendwann einmal verloren und nun zufällig wiedergefunden, und nichts hätte sich geändert.»

Ich saß regungslos, mit angezogenen Knien und antwortete nur mit einem Zucken der Wimpern. Neben der lastenden Traurigkeit, die mich erfüllte, empfand ich eine starke, zärtliche Hinneigung zu diesem Mädchen, und mit betroffenem Staunen entdeckte ich in Stephanies Worten das getreue Spiegelbild meiner eigenen Gedanken und Gefühle.

«Ich kenne Pasquier», nahm sie das Gespräch wieder auf. «Ich habe ihn ein paar Mal bei meinen Eltern getroffen. Er ist ein widerlicher Kerl. Ich kann mir denken, wie er mit dir umgeht. Er erzählt jedem deine Geschichte, aber dabei denkt er nur an sich, an seine Geschäfte und seinen journalistischen Ehrgeiz. Als Mensch interessierst du ihn bestimmt nicht.»

«Aber was soll ich tun?»

«Du darfst dich nicht unterkriegen lassen!» Stephanies Augen blitzten. «Du bist ja viel stärker als Pasquier. Stärker als wir alle, weil du deinen Stolz hast. Den kann dir niemand nehmen. Verstehst du, was ich meine?»

Ich nickte lächelnd.

Es wurde an die Tür geklopft, und wir fuhren beide auf, als hätte man uns bei einem Vergehen ertappt. Es war Madame, frisch geschminkt und frisiert. Sie trug ein elegantes Spitzen-Ensemble. Überrascht ging ihr Blick zwischen uns hin und her.

«Stephanie, hast du vergessen, daß wir heute abend eingeladen sind? Und du bist noch nicht einmal umgezogen!» sagte sie.

«So ein Quatsch!» gab Stephanie zur Antwort. «Ich bin eben erst angekommen, und schon muß man wieder Leute besuchen!»

Unlustig zog sie ihren Pullover über den Kopf.

«Die Ferien haben ja erst begonnen», sagte sie und zeigte ihr seltsames Lächeln, das traurig und strahlend zugleich war. «Wir haben noch genug Zeit zum Reden...»

8. KAPITEL

Stephanie sollte sich getäuscht haben. Früh am folgenden Morgen – ich hatte gerade allein Kaffee getrunken, denn Stephanie und ihre Mutter schliefen noch – kam Oucha mit griesgrämiger Miene und meldete, der Herr Botschafter wolle mich in seinem Büro sprechen. Obwohl ich nun schon seit bald zwei Wochen bei ihm zu Gast war, hatte ich ihn nur selten mit seiner Familie zusammen gesehen. Zahlreiche Verpflichtungen hielten ihn von zu Hause fern. Wenn er mich jetzt rufen ließ, dann gab es sicher wichtige Neuigkeiten. Eine verrückte Hoffnung nahm von mir Besitz: Vielleicht war die wirkliche Elisabeth Wenger gefunden worden, und ich konnte endlich nach Hause zurück?

Das Büro lag im ersten Stock. Ich klopfte, wie ich es gelernt hatte, und drückte die Klinke erst nieder, als die Stimme des Botschafters mich zum Eintreten aufforderte. Er war aufgestanden und hieß mich willkommen.

«Guten Tag, Elisabeth!» sagte er liebenswürdig und streckte mir die Hand hin. «Wir sind entschieden die einzigen Frühaufsteher in diesem Hause! Bitte setzen Sie sich!» Hinter den Brillengläsern blitzten seine Augen schalkhaft. «Wenn Sie wollen, auf den Teppich», sagte er, «es stört mich gar nicht.»

Ich beugte die Knie und kauerte auf den Boden. Das Lächeln auf seinem Gesicht hatte einem nachdenklichen Ausdruck Platz gemacht.

«Sie haben auf Stephanie großen Eindruck gemacht», sagte er, «sie redet nur noch von Ihnen, oder besser gesagt, sie redet fast nichts mehr und denkt nur noch an Sie. Eigenartig, Ihr seid euch irgendwie ähnlich. Hat Stephanie Ihnen von ihren Erlebnissen in Aïn Salah berichtet?»

«Ja», sagte ich unbewegt.

Der Botschafter sprach mit ausdrucksvollen Gesten weiter:

«Ja, ich glaubte damals, ich würde wahnsinnig vor Angst und Ungewißheit. Den größten Teil der Nacht blieb Stephanie verschwunden. Als sie zurückkam, war sie kaum wiederzuerkennen, von Schmutz bedeckt, das Gesicht verschwollen von Mückenstichen. Ich habe das nie recht verstehen können...»

Er hielt inne, als erwarte er eine Antwort oder eine Erklärung. Ich zuckte nicht mit der Wimper.

«Zurück zu unserer Angelegenheit», sagte er unvermittelt. «Hören Sie mir gut zu, Elisabeth. Wenn Sie ein wenig zurückdenken, tauchen da nicht Erinnerungen, Bilder vor Ihnen auf, die Ihnen seltsam erscheinen, deren Ursprung Sie sich nicht erklären können? Überlegen Sie gut, es ist besonders wichtig.»

Er beobachtete mich und wartete offenkundig gespannt auf die geringste Änderung meines Gesichtsausdruckes. Man hätte meinen können, er wolle mir einen bestimmten Gedanken eingeben, gewisse, nur ihm bekannte Geschehnisse oder Umstände. Ich beschloß, feindselig-ablehnend auf meiner Hut zu bleiben. Nein niemals würde ich etwas sagen!

«Versuchen Sie sich doch zu erinnern!» fuhr er eindringlich fort.

Ich spürte, wie meine Lippen sich öffneten und gegen meinen Willen erst ein Wort und dann noch eines bildeten. Voll Bestürzung hörte ich mich flüstern:

«Da ist dieses Tier...»

«Welches Tier?» fragte er, und ich spürte, daß er den Atem anhielt.

«Das Tier...», wiederholte ich mit der gleichen, tonlosen Stimme. «Ich träume manchmal davon. Es hat Flügel und fast ein Menschengesicht, von Haaren eingerahmt. Und zwischen seinen Pranken hält es ein Buch.»

«Der Löwe!» rief jetzt der Botschafter. «Der Löwe von San Marco! Venedig!»

Er schwenkte ein Blatt Papier, das vor ihm auf dem Arbeitstisch gelegen hatte.

«Carmela Wenger stammte aus Italien. Bevor sie mit ihrem Mann in Nordafrika wieder zusammentraf, hielt sie sich mit der Tochter bei ihren Eltern in Venedig auf. Das Kind war damals etwas über zwei Jahre alt...»

Wir blickten uns an; ich fühlte mich kraftlos, ausgepumpt, blutleer. Auf seinem Gesicht lag ein eigenartiger Ausdruck von Erleichterung, aber auch – und das berührte mich tief – von Mitleid.

In einem Atemzug stieß ich hervor:

«Das ist noch kein Beweis...»

«Nein», gab der Botschafter zu. «Aber wir nähern uns langsam dem Geheimnis.»

Er entfaltete sorgfältig ein Taschentuch und fuhr damit über die Stirn.

«Die Familie Wenger ist mit dem Ableben des einzigen Sohnes Jean praktisch ausgestorben. Die Eltern, wohlhabende Industrielle, sind ebenfalls tot. Sie haben jedoch nie die Hoffnung aufgegeben, eines Tages ihre verschollene Enkelin wiederzufinden. Ein bedeutendes Vermögen wartet auf sie.»

Mit niedergeschlagenen Augen starrte ich auf den Teppich. Ich hätte tot sein mögen, wie die anderen alle, nur um diese Worte nicht anhören zu müssen.

Der Botschafter hatte seine Ruhe wiedergefunden und blätterte in seinen Papieren. «Nach Ansicht des Unterpräfekten von Tamanrasset, Sidi Aziz, mit dem Pasquier in Briefwechsel steht, besitzt Pater André, der einzige Bewohner der alten Einsiedelei der Weißen Väter auf dem Assekrem-Berg, ein Tagebuch seines Vorgängers, Pater Benedikt. In diesem Tagebuch soll der genaue Hergang des Unglücks bis in die kleinsten Einzelheiten niedergelegt sein. Ich weiß nicht, weshalb Pater André sich weigert, uns dieses Dokument zu übersenden, und weshalb er zudem unbedingt noch auf einer persönlichen Begegnung mit Ihnen besteht. Jedenfalls müssen Sie nach Tamanrasset zurückkehren.»

Mein Herz begann so heftig zu klopfen, daß mir fast der Atem stillstand.

«Ich... ich kann nach Tamanrasset zurück?»

«Ja, es besteht keine andere Möglichkeit, dieses Rätsel zu lösen. Pasquier begleitet Sie. Sie reisen mit dem Flugzeug.»

«Im Flugzeug...!» Ich glaubte eine lodernde Flamme in meinem Kopf zu spüren und sah die wankende Maschine wieder vor mir, wie sie den Hügelkamm streifte und eine Garbe von Trümmern rings um sich verstreute, während sich flackerndes Feuer in der Dämmerung ausbreitete...

Mit einem Ruck sprang ich auf, die Hände auf den Mund gepreßt.

«Nein, nein, niemals! Ich will nicht mit dem Flugzeug gehen!»

Der Botschafter lächelte nachsichtig.

«Aber Elisabeth! Unfälle sind sehr selten. Das Flugzeug, das Sie abstürzen sahen, war ja nur eine kleine Touristenmaschine. Der Pilot war ein Grünschnabel, der gerade erst sein Brevet erworben hatte. Sie fliegen jetzt mit einer Linienmaschine und mit einem Piloten, der die Strecke Algier–Tamanrasset jede Woche einmal zurücklegt. Da besteht wirklich kein Grund zur Angst!»

Ich zitterte, meine Zähne klapperten vor Schrecken. Langsam wich ich zurück, bis ich mit dem Rücken an die Wand stieß. Wie irrsinnig plapperte ich vor mich hin: «Nein, nein, nein, ich will nicht, ich will nicht...!»

Der Botschafter bemühte sich, mich zur Vernunft zu bringen, erst mit allen Mitteln der Überredungskunst, dann mit Strenge. Nichts fruchtete. Ich war wie blind und taub, am Rande einer Nervenkrise. Endlich gab er es auf und kam zu einem Entschluß:

«Gut also, ich will Sie nicht zwingen, wenn Sie das Fliegen so sehr in Angst versetzt. Ich verschaffe Ihnen einen Land-Rover, und Pasquier kümmert sich um den Fahrer. Aber angenehm ist eine solche Fahrt nicht!»

Die Tür zu Stephanies Zimmer war nur angelehnt, und man hörte Joan Baez' Stimme zart und gedämpft. Ich trat näher. Im gelben Pyjama, barfuß und mit ungekämmten Haaren, war Stephanie gerade dabei, eine Bluse vom Bügel zu nehmen. Sie wandte den Kopf und sagte:

«Ich weiß schon, du mußt abreisen. Ich habe dir ein paar Kleider bereitgelegt. Du hast nur so wenig.»

Sie nahm ein Paar Blue-Jeans, einen weitmaschigen Pullover und hielt beides zur Probe an meinen Körper.

«Das müßte gehen», meinte sie, «wir haben fast die gleiche Größe.»

«Danke», sagte ich matt.

Stephanie beugte sich zum Plattenspieler und stellte ihn ab. Ein Klicken, dann Stille. Sie begann mit langen Schritten im Zimmer auf- und abzugehen, die Pyjamahosen flatterten um ihre Knöchel. «Genau wie ich», dachte ich im stillen, «wenn sie Kummer hat, muß sie auf- und abgehen...» Ich fragte mich, ob es nur diese äußeren Ähnlichkeiten seien, die mich so sehr zu ihr hinzogen.

«Ich habe meinen Vater gefragt, ob ich mit dir nach Tamanrasset reisen darf», begann Stephanie wieder. «Ich wollte dich nicht allein mit Pasquier fahren lassen. Vater hat es abgelehnt: die Reise sei zu gefährlich. Aber es ist ja nicht die Reise, die ihm Angst macht...»

Ich senkte die Augen und dachte an alles, was Stephanie mir gesagt hatte, und auch an all das, was sie mir nicht mehr hat sagen können.

Sie blieb plötzlich stehen und betrachtete mich mit halb traurigem, halb spöttischem Lächeln.

«Auch wenn du wirklich Elisabeth bist, ich nenne dich immer Mariemma. Der Name paßt viel besser zu dir.»

Sie berührte meine Hand. «Du frierst ja. Warum?»

«Ich weiß nicht.»

Stephanie schüttelte den Kopf. Langsam fielen ihre Worte in die Stille, eines nach dem anderen:

«Wenn du dich von der Vergangenheit lösen willst, gibt es nur ein Mittel: Du mußt den Faden durchschneiden, der dich mit ihr verbindet, dich von etwas trennen, was dir in dieser Welt das Liebste ist. Vielleicht also...»

Ihre Stimme war nur noch ein Hauch: «Ich bitte darum, daß dieser Faden nie durchschnitten werde!»

Langsam hob ich die Arme und löste von meinem Nacken das Silberhalsband, das mir einst meine Mutter geschenkt hatte und das ich seit meinen Kindertagen immer auf mir trug. Ich beugte mich zu Stephanie und legte ihr den Schmuck um den Hals. Staunend ließ sie es geschehen.

«Warum das?» stammelte sie schließlich.

«Behalte es», sagte ich lächelnd. «Man sagt, ein Ameruan-Halsband bringe Glück.»

Stephanie berührte mit den Fingerspitzen die schimmernden Perlen und das silberne Gehänge. Sie flüsterte:

«Wenn du mich einmal brauchst, dann spüre ich's noch auf tausend Kilometer Entfernung. Und ich komme und helfe dir. Ich schwöre es dir!»

Ich streckte meine Hand aus und legte sie einen Augenblick lang auf ihre Schulter. Dann raffte ich die Kleider zusammen, die sie mir gegeben hatte, und ging hinaus, ohne mich noch einmal umzuwenden. Seltsames Gefühl, das vertraute Gewicht der silbernen Scheibe nicht mehr auf der Brust zu fühlen! Aber was immer auch geschehen mochte, ich war sicher, ich würde es nie bereuen, mein Halsband Stephanie geschenkt zu haben.

Später erzählte man mir, Pasquier habe nach einer stürmisch verlaufenen Unterredung den Botschafter wütend verlassen. Auf Kosten der Regierung nach Tamanrasset zurückzukehren, gut und schön! Aber auf versandeten Pisten mehr als zweitausend Kilometer im Wagen zurücklegen, nur weil ich angeblich Angst vor Flugzeugen hatte, das war in seinen Augen der Gipfel der Sinnlosigkeit. Der Botschafter hatte Pasquiers ärgerliche Entgegnungen ohne Wimperzucken angehört und ihm dann höflich zu verstehen gegeben, wenn er sich nicht für die Angelegenheit interessiere, dann werde man sie eben jemandem anvertrauen, der mit den Verhältnissen besser vertraut sei, und zudem... bessere Manieren habe! Da gab Pasquier kleinlaut bei, und er machte sich wutschnaubend auf die Suche nach einem Fahrer. Nach genau zwei Stunden und fünfzehn Minuten hatte er ihn gefunden.

Am selben Morgen noch verließen wir Algier in Richtung Süden.

Vier Tage später kamen wir in Tamanrasset an. Pasquier schloß mich sogleich im Zimmer des Hotels ein, aus Angst, ich würde ihm davonlaufen. Heute morgen sollten wir zur Einsiedelei auf den Asskrem hinaufsteigen, um Pater André zu treffen.

Mit einem Stock stochert Chenani in der Asche, aus der Funken stieben. «Du gehst nicht», sagt er ruhig.

«Nein, ich gehe nicht», antworte ich wie ein Echo.

Die Nacht ist mild. Meine Füße graben sich in den lauwarmen Sand. Ich senke den Kopf, meine Finger spielen in den Fransen der Decke, und leise sage ich:

«Du hast mich fesseln müssen, um mir die Freiheit zu schenken. Ich danke dir dafür.»

Mit einer schnellen Bewegung löst Chenani seinen

Gürtel und streckt mir seine zusammengelegten Hände über die Glut entgegen.

Ich nehme seine Hand, ergreife den Gürtel und schleudere ihn weit von mir, in den Sand. Mit der Fingerspitze zeichne ich in Chenanis Handfläche all jene Zeichen, die die Tuaregmädchen insgeheim ihrem Erwählten mitteilen. Meine Augen ruhen in Chenanis Blick; nun bin ich nicht mehr Elisabeth, nun bin ich nur noch Mariemma.

9. KAPITEL

Gleich einer Kugel aus weißem Metall glänzt die Sonne. Himmel und Sand haben ihre höchste, verzehrende Lichtstärke erreicht. Eine Gazellenherde zerfließt wie Luft zwischen Büschen, die keinen Schatten spenden. Wir reiten rasch, trotz der Hitze, denn wir haben keinen großen zeitlichen Vorsprung. Sicher sind Pasquier und Béchir mit Tagesanbruch zu unserer Verfolgung aufgebrochen.

«Sie wissen, wo sich das Lager befindet», sage ich nervös, «mit dem Land-Rover haben sie uns rasch eingeholt!»

«Keine Angst», beruhigt mich Chenani, «wir haben einen guten Vorsprung.»

Eine Abkürzung führt uns quer durch das Gebirge. Wo Meharis noch einen Weg finden, kann kein Wagen uns folgen, auch wenn er aufs beste ausgerüstet wäre. Unsere Reittiere sind flink und ausdauernd. Ihre breiten, elastischen Sohlen klammern sich wie Saugnäpfe am

Felsboden an, sie zerdrücken Dornbüsche und überwinden sicher und ruhig die mit spitzen Steinen übersäten Geröllhalden.

Das Lager in der Nähe bedeutet nur einen Zwischenhalt für uns. Gerade genug Zeit, um meine Mutter und Aicha zu umarmen, vor meinem Vater die Stirn zu neigen. Dann müssen wir weiter. Chenani hat mich heute nacht überzeugen können: Gemeinsam müssen wir fliehen! Auf geheimen Karawanenwegen geht es nach Süden, in jene Gebiete, wo die Wüste zur Steppe wird. Als Nomaden der Sonne folgen wir ihrer Bahn, auf Felsen- und Steppengrund, durch reißende Wildbäche und unwegsame Dschungel.

Chenani ist bei mir als mein Beschützer. Mit ihm fürchte ich nichts. Er ist mir Freund und Bruder.

Die rötliche, von Geröll übersäte Piste führt in die Ebene. Unsere Meharis gehen im Schritt. Dumpf stampfen ihre Füße die Erde und hinterlassen kreisrunde Spuren im Staub. Meine nackten Zehen liegen an Khadines Hals und lenken sie mit leichtem Druck. Manchmal läuft ein Hase schreckerfüllt zwischen den Felsen auf und davon. Tausendjährige Bilder sind in die Bergwände eingegraben, Darstellungen längst ausgestorbener Tiere, auch Inschriften, die niemand mehr entziffern kann. Sonst Hitze und Schweigen, aus Licht gewoben, und auf dem Boden der wandernde Schatten der Meharis...

Wir reden wenig, Chenani und ich. Wozu auch? So viele Jahre sind wir schon zusammen. Er kennt mich besser als ich mich selbst kenne, und auch ich weiß viel von ihm...

Chenani! Wenn ich an meine Kinderzeit denke, so sehe ich den lachenden, flinken Jungen vor mir, mit den windzerzausten Haaren, der nackten Haut unter der blauleinenen Gandura. Wie alle Burschen seines Alters, hütete er die Schafe, führte die Meharis zur Tränke oder auf die Weide, er lernte die Ziegen und die Kamelstuten melken. Aus den Zweigen der Hirsestaude verfertigte er Wurfspeere, Lanzen und Eidechsenfallen. Ich saß unterdessen im Schatten des Zeltes und beschäftigte mich unter Aufsicht meiner Mutter mit dem Gerben und Walken des Leders, aus dem dann Sandalen, Reitpeitschen und Kamelzügel hergestellt wurden. All das mußte festlich mit Fransen, mit bunten, schwierigen Mustern verziert werden. Offen gestanden, ich war für diese Arbeiten weit weniger geschickt als meine Freundinnen. Wie konnte Chenani über mich lachen! Er verspottete meine Ungeschicklichkeit, entwendete mir Polierstahl und Pfriem. Wütend rannte ich hinter ihm her, um ihm ein paar Ohrfeigen zu versetzen. Torha, meine Mutter, trat herzu und trennte uns.

«Eine Schande. Bruder und Schwester seid ihr und rauft miteinander wie zwei Kamelfüllen!»

Aber sie war nie wirklich zornig, sie wußte ja, daß unsere Streitereien nur obenhin und mit viel Lärm ausgetragen wurden, daß sie aber nichts an unserem guten Einvernehmen ändern konnten. Schon immer wußte ich, ich war nicht Torhas wirkliche Tochter; nie hatte man ein Geheimnis daraus gemacht. «Deine Eltern sind tot; wir haben dich bei uns aufgenommen», sagte man mir, und ich nahm diese Erklärung ohne Neugierde oder Überraschung hin. Bei den Tuareg kam es häufig vor, daß Findlinge an Kindes Statt angenommen wurden. Etwa sechs Jahre war ich alt, da kam in unserer Familie ein anderes kleines Mädchen zur Welt: Aicha. Als ich größer wurde, sah ich zwischen ihr und mir kaum einen Unterschied.

Sehr früh schon lehrte Torha uns das Tifinach, die Schrift unseres Volkes. Noch sehe ich uns im Zelt um sie versammelt. Wir saßen auf dem Teppich, und Torha schrieb mit ihrer zierlichen, hennarot geschminkten Hand langsam und genau Zeichen in den Sand. Jedes Zeichen entsprach einem Konsonanten. Halblaut sagten wir diese Konsonanten her, um sie uns ins Gedächtnis einzuprägen. Dann lernten wir Worte bilden. Chenani war gewöhnlich sehr zerstreut. Er dachte an Hasen, die er in irgendeinem Wadi aufgestöbert hatte, oder an den Wettlauf, den er am Abend mit seinen Kameraden abhalten wollte. Natürlich würde er gewinnen.

«Nichts als Streiche hast du im Kopf», verwies Torha ihn unzufrieden. Er beugte ehrerbietig die Schultern, aber zwischen den niedergeschlagenen Wimpern glänzte in seinen Augen der Schalk. Dichte schwarze Haare hatte er, einen vollen Mund, und seine Nase zeigte nicht das Profil der meisten Tuareg, sie war gerade und leicht aufgestülpt. Chenanis Haut war überall da, wo die Sonne sie nicht gebräunt hatte, hell wie Honig. Helle Haut ist ein Zeichen edler Abkunft. Nur die Imrads, die Tuareg der Vasallenstämme, haben dunkle Haut; als Preis für den Schutz, den wir ihnen gewähren, zahlen sie uns einen jährlichen Tribut an Vieh und Getreide.

Unvergeßlich steht mit Chenanis achtzehnter Geburtstag im Gedächtnis. An diesem Tag erhielt er den Tagelmust, den jeder erwachsene Targui bis an sein Lebensende tragen muß. Jetzt war er ein Mann. Er hatte das Recht, ein Zelt neben den Eltern zu bewohnen, bei den Versammlungen der Älteren das Wort zu ergreifen und den jungen Mädchen den Hof zu machen. Ich war damals sechzehn Jahre alt, oder doch ungefähr – mein genaues Alter war nicht bekannt. Wie es der Brauch will, hatte ich für Chenani ein Geschenk verfertigt, einen mit Fransen und Stickereien verzierten Beutel, welcher an feingeflochtenen Schnüren befestigt wird. Die jungen Männer hängen ihn um den Hals und bewahren kleinere Geschenke darin auf, das Feuerzeug mit dem Stein, den Pfriem, Geldmünzen und den Khol, mit dem man sich die Augenlider färbt, um sie vor Krankheiten zu schützen.

Vor dem Zelt wartete ich auf Chenani. Die Schatten wurden länger; mir war kalt, ich zog den weißen Baumwollschal enger um meine Schultern. Meine Hände fühlten sich feucht an, meine Wangen brannten, ich zitterte und wußte nicht, weshalb. Endlich knirschte der Sand unter Sandalentritten, und ein Schatten zeichnete sich auf dem hellen Boden ab. Ich hob die Augen und erblickte Chenani. Zum ersten Mal trug er den indigoblauen Schleier, der das Gesicht verbarg, und die weiße, bis zu den Füßen reichende Gandura. In der dicken, reich verzierten Lederscheide steckte die Takuba, der Säbel, den jeder Targui edler Abkunft zu seinem achtzehnten Geburtstag vom Vater erhält. Mein Herz schlug so schnell, daß ich zu sterben glaubte! Ich dachte an die übrigen

Mädchen. Der Gedanke, Chenani könnte eine von ihnen mir vorziehen, war mir unerträglich. Aber er setzte sich nur stumm mir gegenüber, und in seinem Blick las ich die gleiche Bewegung und Verwirrung, die auch mich erfüllte. Ich zog mein Geschenk unter dem Schleier hervor und reichte es Chenani. Er nahm den Beutel ruhig entgegen, und ich beobachtete, wie er mit den Fingern über das Leder fuhr und mit den vielfarbigen Fransen spielte. Dann beugte er sich zu mir, damit ich ihm den Beutel um den Hals hängen sollte. Meine Finger zitterten, und mein Herz klopfte zum Zerspringen. Als ich meine Hand zurückziehen wollte, ergriff er sie im Flug und legte sie ganz langsam gegen seine Brust. Unter meinen Fingern spürte ich die hämmernden Schläge seines Herzens. So verhielten wir einige Sekunden nur – oder war es doch ein langer Augenblick? Ich weiß es nicht. Dann erhob ich mich ungestüm, den Schleier übers Gesicht gezogen, und stürzte ins Zelt, wo meine Mutter mit einer Nadelarbeit beschäftigt war. Ich fiel vor ihr auf die Knie, legte meinen Kopf an ihre Brust und fühlte mit der Wange die harte Kühle ihrer silbernen Halsbänder. Sie fragte besorgt:

«Mariemma, was hast du?»

Ich war außer mir vor Erregung und konnte nur noch Chenanis Namen flüstern. Meine Mutter schloß die Arme fester um mich, ein Lächeln glitt über ihr Gesicht.

«Ich wußte es längst», sagte sie sanft. «Ich kenne meine Kinder und kann in ihren Augen lesen, was sie selbst nicht wissen. Du bist nicht Chenanis wirkliche Schwester. Eines Tages wirst du ihn heiraten können.»

Meine Wangen waren fiebrig heiß. Ich schwieg und preßte meinen Schleier zwischen die Lippen. Und Torha sprach weiter:

«Chenani ist mutig und stark. Er wird die Nachfolge seines Vaters antreten. Verfügt er erst einmal über die Erfahrung reicher Lebensjahre, und hat ihm Allah die Fülle der Weisheit geschenkt, so wird er ein guter Führer unseres Stammes sein.»

Sie seufzte kaum wahrnehmbar:

«Noch ist es zu früh, an all dies zu denken...»

Ihre Hand fuhr über mein Haar, und ich wurde langsam ruhiger. Meine Gedanken wanderten zu Chenani; mir war, als liege meine Hand noch immer auf seinem klopfenden Herzen.

Mit langen Sätzen rannte ich durch den heißen Sand den Abhang hinunter, zum Bach, der unter Binsen versteckt dahinfloß. Ein Targuimädchen soll sich zwar nur langsam bewegen und immer nur gemessenen Schrittes gehen. Tausendmal schon war mir das gesagt worden. Aber heute konnte ich nicht ruhig bleiben, ich war viel zu glücklich, ich brauchte Bewegung, Leben! Ein großer Strohhut schützte mein Gesicht vor der sengenden Sonne, auf dem Arm trug ich einen Stapel Halstücher und Schleier, die ich in der Guelta waschen wollte. Noch diesen Abend durfte ich Chenani beim Ahal wiedersehen, da mußte ich von allen Mädchen die Schönste sein! Der Ahal ist eine Zusammenkunft der Burschen und Mädchen, eine Gelegenheit für die Jugend, einmal unter sich zu sein, fern von den wachsamen Blicken der Erwachsenen. Man unterhält sich, man spielt allerlei Rätselspiele, man musiziert. Verliebte dürfen sich bei diesem Anlaß unter vier Augen sprechen; nach altem Brauch spielen die Eltern dabei die Unwissenden, sie stellen auch keinerlei Fragen.

Der Frühling war da. Regen war gefallen, und das Wasser floß überreichlich. Frisch und spiegelklar schlängelte sich der Bach zwischen den moosbedeckten Ufern dahin, um schließlich in die Guelta zu münden. Überall brach, leuchtend grün, üppiger Pflanzenwuchs hervor, eine Herausforderung gleichsam der wunderbar zu neuem Leben erwachten Erde. Und ringsum, Tausende von Kilometern weit, nichts als von der Hitze verbrannter Wüstenboden mit den von Blitz und Sonne zerfressenen Steinblöcken...!

Ich kniete nieder und tauchte die Wäsche ins Wasser. Die buntfarbigen Seidentücher aus dem Sudan bauschten sich im Wind, zitternd wie riesige Blütenblätter. Ich rieb und rieb mir beim Waschen beinahe die Finger wund. Dann breitete ich die Wäsche zum Trocknen auf den heißen Steinen aus. Aus dem Gebüsch stieg ein Mula-Mula-Vogel auf, deutlich waren seine weißen Bauchfedern zu sehen. Ich folgte ihm lachend mit den Augen.

Im Schatten eines Felsens kauerte ich mich nieder und wartete, bis die Wäsche trocken war. Ungeduld quälte mich, ich kaute an den Nägeln und biß mir in die Fäuste. Warum nur ging die Zeit so langsam vorbei? Warum rückte die Sonne am Himmel nicht vorwärts?

Nach dem Nachtmahl kamen Burschen und Mädchen, ohne besondere Erlaubnis der Eltern, in einem Zelt zusammen, das von den Dienerinnen abseits vom Lager errichtet worden war. Einer nach dem andern nahmen wir auf den Teppichen im Inneren Platz. Flüstern und ersticktes Lachen waren zu vernehmen. Alle hatten wir Festkleider angelegt. Die Finger der Mädchen waren mit silbernen Ringen geschmückt; bei jeder Bewegung klirrten die Armbänder. Wie schwarze Diamanten blitzten die Augen der Burschen zwischen dem Schleier und den schweren Falten des Schesch hervor, welcher ihren Kopf wie ein Helm aus blauem Metall umhüllte. Und wenn auch der in Hammelfett getauchte Docht der Lampe stark rauchte und rußte, die safrangelbe Flamme erhellte das Dunkel doch mit zauberhaft-wirrem Licht

Ich erinnere mich, wie Chenani als Letzter das Zelt betrat. Mit einer einzigen, gewandten Bewegung der Hüften setzte er sich nieder und beobachtete mich schweigend, während ich die Augen senkte. Zu dünnen Zöpfen geflochten, fielen die Haare über meine Wangen; eine Silbernadel hielt den blauen Musselinschleier aus meiner Stirn zurück. Ich fühlte mich rot und blaß werden. Meine Aufregung wuchs immer mehr, so sehr ich mich auch bemühte, sie zu verbergen.

Die Trommel wurde gebracht. Ein Mädchen mit rot gefärbten Handflächen nahm das Instrument zwischen die Knie und schlug es erst gedämpft, dann in immer stärkeren rhythmischen Tönen, die wir mit Händeklatschen begleiteten. Lachen und Scherzworte klangen auf. Wir waren ungefähr gleichaltrig, waren zusammen aufgewachsen, und jeder kannte die Eigenheiten des anderen. Beim Ahal ist es erlaubt, daß die Burschen sich gegenseitig necken und Spott, ja sogar Schimpfworte austauschen. Ein jeder möchte sich auf Kosten der Gefährten vor den jungen Mädchen hervortun, aber niemand hat das Recht, deshalb zornig zu sein. Wer diesen guten Brauch verletzt und sich trotzdem vom Zorn hinreißen läßt, erntet eine Salve beißenden Spottes.

Gewöhnlich war Chenani einer der Schlagfertigsten; jedermann fürchtete seine schnelle Zunge. An diesem Abend aber fand ich in seinem beharrlichen Schweigen ein Echo meiner eigenen Verschlossenheit. Inmitten der Späße und Neckereien der anderen blieben wir ernst, fast unbeteiligt. Wenn unsere Blicke sich begegneten, wandten wir sogleich die Augen wieder ab: die gleiche Verwirrung machte uns stumm, ließ uns erzittern...

Plötzlich rief ich mit einem Fingerschnalzen die Dienerin, die den Brasero vor dem Zelt schürte, und flüsterte ihr ins Ohr: «Sag meiner Mutter, daß ich ihren Imsad leihen möchte.»

Ich hatte Herzklopfen, denn ich wußte nicht, ob Torha meiner Bitte entsprechen würde. Der Imsad ist ein Musikinstrument. Er besteht aus einem ausgehöhlten, getrockneten Kürbis, über den man ein Gazellenfell gespannt hat. Die einzige Saite und der Bogen werden aus zusammengeflochtenen Roßhaaren gefertigt. Der Imsad meiner Mutter war sehr alt, er stammte von ihrer Mutter, die längst tot war. Die alten Leute, die sie noch gekannt hatten, erzählten oft, welch ausgezeichnete Musikerin sie gewesen sei. Ihr Spiel, so sagten sie, sei so zart gewesen, daß es Kranke hätte heilen können.

Meine Mutter hatte uns schon früh das Imsadspiel

gelehrt, und ich zeigte mich darin besonders geschickt. Für ein Mädchen ist der Imsad eine Art Dolmetsch der Gefühle: im Imsadspiel gibt es seine Freude und Trauer, seinen geheimsten Gefühlen Ausdruck. Der Imsad bringt Worte zum Klingen, die ein Mädchen selbst nicht auszusprechen wagt, all jene Worte, von denen die jungen Burschen träumen.

Wenig später kam die Dienerin zurück und trug vorsichtig ein dunkles Paket. Sie legte es ehrerbietig auf meine Knie nieder. Ein Gemurmel erhob sich unter den jungen Leuten. Dann schwiegen alle. Ich dachte dankbar an meine Mutter und freute mich über diesen Beweis ihres Vertrauens. Sorgfältig stimmte ich das Instrument und rieb den Bogen mit Harz ein. Ich hatte die Augen niedergeschlagen und vermied es, Chenani anzusehen. Für ihn wollte ich heute abend spielen, nur für ihn allein...

Der Bogen glitt über die Saite: Der Imsad begann mit heller Stimme zu singen. Es war ein Klang, so durchsichtig und zerbrechlich wie ein Wunderfaden aus gesponnenem Glas. Noch heute höre ich diese sanften, ergreifenden Töne, die sich wie Perlen an der Saite aufreihten, immer und immer wieder, ohne Ziel und ohne Grenzen... Zwischen meinen Fingern vibrierte der Bogen, als sei er selbst ein lebendes Wesen, und doch eng verbunden mit dem Schlag meines Herzens, dem Pulsieren meines Blutes. Ich spielte mit geschlossenen Augen. Alle rings um mich schwiegen, man hörte nur unterdrücktes Atmen und manchmal einen Seufzer oder das Knistern der Lampe. Ohne die Augen zu erheben, spürte ich Chenanis Blick auf meinen Händen, auf meinem herabgebeugten Gesicht. Chenani allein konnte in der Stimme des Imsad die Stimme meiner Seele vernehmen...

Plötzlich verstummte das Instrument, der Bogen entglitt meinen Fingern. Der Zauber war gebrochen. Alle drängten sich um mich, mit Rufen des Bedauerns: «Was ist denn? Spiel doch weiter, bitte...!»

Mit starren Händen hielt ich den Imsad auf den Knien und konnte nur den Kopf schütteln. Ich blickte nach Chenani. Aber als ich die Augen hob, sah ich ihn nicht mehr. Er hatte das Zelt verlassen...

All diese Erinnerungen steigen in mir auf, da mich Khadine im Gleichtakt ihrer Schritte dahinträgt. Mein Körper nimmt die Schwingungen des Sattels auf, meine nackten Fersen spüren das lässig gelöste Spiel der Muskeln des Reittieres.

«Woran denkst du?» fragt Chenani und führt die Meharis auf die gewundene Piste. Gerne hätte ich geantwortet: «An dich!» Aber ich sage nur ausweichend:

«An den Imsad.»

Chenani schließt halb die Augen.

«Der Imsad», sagt er leise, «... ich habe dein Spiel nicht vergessen...»

Ich weiß nicht, was ich antworten soll. Ich denke an Vergangenes, das vorbei ist für immer, an die unbestimmte Zukunft: Auch dem sichersten Gedächtnis entschwindet eines Tages die Erinnerung an ein Lächeln, eine innere Unruhe, einen bestimmten Geschmack auf den Lippen... Und selbst das Gedenken der zarten Berührung eines

Kusses auf der Innenfläche der Hand ruft nur noch einen Hauch der Empfindung von einst hervor.

«Chenani, ich habe solche Angst!»

Die Worte sind meinem Mund entflohen, ehe ich sie mir überlegen konnte, und jetzt schäme ich mich. Chenani beugt sich vor und legt die Hand auf meine Schulter. Seine braunen Augen forschen aufmerksam in meinem Blick.

«Angst! Wovor?»

«Ich weiß es nicht!» sage ich verzweifelt. «Irgendetwas Schreckliches wird sich ereignen, ich spüre es!»

«Aber ich bin da, bei dir, Mariemma, ich beschütze dich!»

Ich wende den Kopf ab, damit mein Gesicht unsichtbar bleibt, und flehe:

«Verlaß mich nicht, Chenani! Laß mich nie mehr allein!»

«Ich wache über dich», sagt Chenani. «Immer. Ich gebe dir mein Wort darauf!»

Endlich wage ich ihn anzusehen. Ruhig blicken seine Augen, und der Druck seiner Hand auf meiner Schulter weckt Vertrauen und Kraft.

Weiter und weiter kommen wir voran. Mit einem Mal erfaßt Wind das Gestrüpp ringsum und wirbelt auf den Dünen Sandgarben auf. Chenani hebt den Arm und streift die flatternde Gandura bis zum Ellbogen zurück.

«Schau dort!» ruft er

Der Lagerplatz taucht auf. Die Zelte haben leichten Schilfhütten, Seribas, Platz gemacht, denn der Sommer ist nah. Zwischen sandigen Geländefalten kann man

Schutzdächer aus Stroh und weite Umfriedungen unterscheiden. Unter der Last der Hitze scheint alles Leben im Dorf erstorben. Wie schlafend liegt es da. Und doch dringt, selbst über die weite Entfernung hinweg, das Bellen der Hunde bis an unser Ohr...

10. KAPITEL

Daheim! Ich bin wieder daheim! Diese zur Erde hingekauerten Hütten aus Schilfstroh, die sich kaum vom Boden abheben, sind mein Zuhause, und schon verwischt sich die Erinnerung an jenes Haus in Algier, das so neu und prächtig dastand wie ein Palast. Als Fremde habe ich dort gelebt, ich will nicht mehr daran denken! Nur noch Stephanie rufe ich mir ins Gedächtnis zurück, denn unsere Herzen waren auf seltsame Weise verbunden und sprachen die gleiche Sprache. Und doch, es gelingt mir nicht, ihre Züge in der Erinnerung wachzurufen: Das Gesicht sehe ich nur noch als fahlen Fleck, den Ton ihrer Stimme aber habe ich noch sehr genau im Ohr.

Ein sandfarbener Hund mit gelben Augen läuft in weichen Sätzen heran. Es ist Amat, der Hund Chenanis. Aufgeregt bellend und winselnd umtanzt er die Meharis. Chenani stützt sich auf den Hals seines Reittieres und läßt sich zu Boden gleiten. Lachend spielt er mit dem Hund und streichelt ihn. Amat, vor Freude wie toll, reibt seinen Körper an Chenanis Knien. Mit hängender Zunge legt er sich zu Füßen seines Herrn nieder, von stoßweisen Atemzügen erzittern die mageren Flanken.

Ich schnalze mit der Zunge und lasse Khadine in die Knie gehen. Mit hochnäsiger Anmut beugt das Tier seine langen Beine und stößt einen schnaubenden Seufzer aus, glücklich darüber, daß die Reise zu Ende ist. Dann wartet es friedlich, bis jemand kommt, um das Zaumzeug abzunehmen. Schon sind zwei Harratin, schwarze Diener, da und kümmern sich um die Reittiere. Sie lachen auf gelben Zähnen, grüßen mich mit freudiger Vertrautheit und heißen mich willkommen. Wie schön ist es, heimzukehren!

Von allen Seiten eilen nun die Kinder herbei. Der Kopf der kleinen Jungen ist völlig kahlrasiert; nur ein Haarbüschel ist ausgespart worden, es tanzt auf ihrer Stirn, steif vom Staub der Wüste. Die Mädchen mit hoher Stirn und spöttischen Augen tragen buntfarbige Kleider und bauschige Halstücher aus Musselin. Sudan-Armbänder aus bunten Perlen umschlingen ihre Hand- und Fußgelenke. Alle tragen sie Lederbeutel um den Hals mit Talismanen gegen die Djinns, die bösen Geister der Wüste.

Die Kinder umringen mich lärmend. Meine europäischen Kleider reißen sie zu Lachstürmen hin. Kleine Hände zerren an mir. Ich nähere mich dem Lager, und Chenani folgt mir. Still gleitet sein Schatten neben mir her, und dazwischen tanzt wie ein Kobold das Schattenbild des treuen Hundes.

Langsam tritt meine Mutter aus der Strohumfriedung unserer Hütte. Eine silberne Spange auf der Schulter hält die dichten Falten ihres Schleiers zurück. Wie groß sie ist! Im Gesicht leuchten dunkle Augen. Trotz ihres Alters durchzieht noch keine weiße Strähne ihr Haar. Respektvoll halten die Kinder sich abseits; ich trete allein zu Torha hin. Einen langen Augenblick mustert sie mich.

«Gott segne dich, Mariemma», sagt sie mit wohlklingender Stimme. «Deine Eltern freuen sich über deine Rückkehr.»

Dann, überrascht, aber ohne jede Spur von Zorn oder Ärger:

«Du hast den Ameruan nicht mehr...»

Ruhig begegne ich ihrem Blick:

«Ich habe ihn verschenkt, an ein Mädchen!»

Torha stellt keine weiteren Fragen. Weshalb ich mich von meinem Halsschmuck trennte, hat für sie keine Bedeutung; Torha weiß, daß es wichtige Gründe gewesen sein müssen.

Da ertönt ein leiser Ruf, und gleich darauf helles Lachen. In einem Wirbel weißer Schleier stürzt ein Mädchen, fast noch ein Kind, aus dem Halbdunkel der Hütte. Bernsteinfarben das Gesicht, mattglänzende, von Khol umränderte Augen, kleine Hände, mit schweren Ringen geschmückt. Wie groß sie geworden ist, Aicha, und wie sehr sie schon meiner Mutter gleicht, während ich ihr doch kaum ähnlich sehe...

Kühle Arme umschlingen mich, voll Zärtlichkeit schmiegt sich ihr Gesicht gegen meine Wangen. Ich umarme sie freudig bewegt, die Schwester wieder in meiner Nähe zu fühlen.

«Aicha, ich hab' dich so sehr vermißt!»

Torhas Hand berührt meine Schulter. «Der Vater erwartet dich.»

Ich durchschreite die Umfriedung und trete in die Hütte. Nach der kräftigen Helle draußen brauchen die Augen eine bestimmte Zeit, um sich an das Halbdunkel zu gewöhnen. Mein Vater sitzt auf der Erde, die Hände über den Knien gefaltet. Trotz seines hohen Alters hält er sich aufrecht; noch in den kleinsten Bewegungen hat sich sein Körper die kräftige Biegsamkeit eines jungen Mannes bewahrt. Schleier und Schesch von schwarzer Farbe lassen auf der bronzebraun getönten Haut die dunklen, lebhaften Augen um so deutlicher hervortreten. Langsam verbeugt er sich und reicht mir seine magere Hand. Ich ergreife sie, führe sie an meine Wangen und flüstere Worte der Ehrfurcht und Zärtlichkeit. Mit einzigartiger Schärfe des Bewußtseins nehme ich das Besondere dieses Raumes wahr: Das Muster der Teppiche unter meinen Knien, den Geruch nach Leder, saurer Milch, Hammelfett... Jene Europäerin dort oben in Algier – wie war doch ihr Name? – sagte, es sei ein «unangenehmer» Geruch. Nun, mir ist er etwas vom Liebsten, das ich habe...

Später sitzen wir zusammen in der Hütte, und ein Diener bereitet den Tee auf einer großen Kupferplatte. Es ist Chittu, ein alter, einäugiger Schwarzer mit weißem Wollhaar. Als Kinder wiegte er uns auf seinen Armen. Chenani hat bei ihm das Auffinden unsichtbarer Pisten gelernt und das Spurenlesen. Ihm verdankt er sein Wissen über die Tiere und die Wüste. Soweit ich mich zurückerinnere, stets war es Chittu, der meine Tränen trocknete, mir die Nase putzte oder mir einen Dorn aus dem Fuß zog. Ein zärtliches Lächeln verschönt sein plumpes Gesicht. Er schürt die Glut im Kohlenbecken, blickt zu mir hin und zwinkert mit seinem einzigen Auge. Gerührt lächle ich zurück. Ich bin glücklich.

An mich gelehnt bittet Aicha immer wieder voll Ungeduld: «Erzähle, erzähle!»

Gerne würde ich ihre Neugier befriedigen, aber was soll ich ihr sagen? Wild kreuzen sich in meinem Kopf die Gedanken, ich kann nur törichte, zusammenhanglose Sätze stammeln. Torhas Hand streichelt mich zärtlich.

«Sie ist völlig erschöpft. Wir müssen sie schlafen lassen. Wenn sie ausgeruht ist, erzählt sie dann schon. Nicht wahr, Mariemma?»

Ich nicke zustimmend und fühle mit einem Mal, wie sich bleierne Müdigkeit in mir ausbreitet. Schlafen, im friedlichen Dämmerschein der Hütte, die vertrauten, singenden Stimmen vernehmen, die durch die dünnen Wände dringen, Hundegebell und meckernde Ziegen auf dem Weg zur Tränke, Aichas Lachen, wenn Chenani sie neckt. In einer Ecke der Hütte sitzen die Eltern und unterhalten sich mit leiser Stimme. Ich kann ihre Worte nicht verstehen, es wäre auch unhöflich, zuzuhören. In meine Decke gewickelt, schlafe ich ein, Freude im Herzen. Nun kann mir nichts Böses mehr geschehen.

Als ich erwache, neigt sich der Tag seinem Ende zu. Die Öllampe verbreitet ihr sanftes Licht und läßt einen dünnen Rauchfaden aufsteigen. Ich richte mich auf und werfe die Decke ab. Schon erscheint Aichas lachendes Gesicht am Hütteneingang, sicher hat sie auf mein Erwachen gelauert.

«Gut geschlafen? Hast du Hunger?»

Ich nicke: Oh ja, großen Hunger! Aicha gibt Befehle, und einen Augenblick später kommt Chittu eilig mit glückstrahlender Miene herbei. Mit fürsorglichen Gesten stellt er eine Platte Kus-Kus vor mich hin, dazu harte Eier und als etwas Besonderes eine Tasse Ziegenmilch. Ich stürze mich auf das Essen, als hätte ich drei Tage lang keinen Bissen mehr zu mir genommen. Aichas Augen werden rund vor Staunen.

«Mager bis du wie eine Eidechse! Haben sie dir in Algier nicht genug zu essen gegeben?»

«Ich hatte nie Hunger», antwortete ich mit vollem Mund.

Aicha gießt ein wenig Öl auf den Docht der Lampe. «Was essen denn die Europäer gewöhnlich?» fragt sie neugierig. «War's gut?»

«Gut schon, ja», sage ich. «Aber ich hatte keine Lust, etwas zu essen. Ich war dort wie im Gefängnis.»

Sie schüttelt den Kopf. Plötzlich preßt sie die Hände an den Mund und bricht in Lachen aus.

«Wie sind die Frauen dort? Und die Mädchen? Stimmt es, daß sie ihre Knie zeigen und Zigaretten rauchen?»

Lächelnd lege ich meinen Arm um ihre Schultern. Aicha, denke ich, du bist ja noch immer ein kleines Mädchen, magst du dich auch noch so sehr als erwachsen geben. Du hast noch nie richtigen Kummer gekannt, den wahren Kummer, der am Herzen nagt wie eine böse Krankheit. Aicha, Schwesterchen, möge Allah verhüten, daß du jemals eine solche Einsamkeit erleiden mußt!

«Eines Tages erzähle ich dir alles», sage ich zärtlich. «Ich verspreche es dir!»

Draußen ertönen Schritte, meine Eltern und Chenani betreten die Seriba, nachdem sie ihre Sandalen auf der Schwelle abgelegt haben. Respektvoll treten wir zurück, um ihnen Platz zu machen, und sie setzen sich auf den Teppich. Chittu ist ihnen gefolgt; er räumt das Geschirr mit den Resten der Mahlzeit zusammen und verschwindet dann wie ein Schatten.

«Laß uns allein, Aicha», sagt meine Mutter. «Wir haben zu reden.»

Enttäuschung verdunkelt das Gesicht des Mädchens. Aicha zieht einen Schmollmund. Aber der Gehorsam gegenüber den Eltern ist bei den Tuareg absolutes Gebot. So senkt Aicha nur ergeben den Kopf und verläßt die Hütte. – Meine Eltern verharren stumm. Auf den bunten Ornamenten der Lederbeutel an der Wand spielt das gelbe Licht der Lampe. Chenani hat sich ein wenig abseits gesetzt, er senkt die Brauen und zeichnet mit dem Zeigefinger Figuren in den Sand. Endlich ergreift mein Vater Ahmed ag Rali das Wort. Seine tiefe Stimme weckt in mir halbvergessene Erinnerungen aus frühen Kindertagen. Der Schatten seiner langsamen Bewegungen huscht riesenhaft über die Wände der Hütte.

«Hört gut zu, Mariemma, und auch du, Chenani. Die Franzosen konnten uns zwar besiegen, aber wir haben uns ihnen nie unterworfen. Wir sind ein freies Volk geblieben. Bei uns kann jeder tun und lassen, was er will. Das Waisenkind, das Torha eines Tages, unter ihrem Schleier verborgen, mit ins Lager brachte, und das dann unsere Tochter wurde, ist uns so lieb wie unsere eigenen Kinder. Dein Leben, Mariemma, begann für uns in dem

Augenblick, da du zur Familie gehörtest. Was vorher war, kümmert uns nicht. Wenn du auch dem Blute nach keine Kel Rela bist, so bist du's doch im Herzen. Deshalb sage ich dir: du kannst wählen. Willst du bei diesen Ausländern wohnen, die dich als eine der Ihren beanspruchen, so wird sich hier bei uns niemand deiner Abreise widersetzen. Nur dein Wille zählt!»

Er verstummt und wartet auf meine Antwort. Einem unsichtbaren Gewebe gleich, hängt der Widerhall seiner Worte zwischen uns. Die Lampe flackert. Unbeweglich ruhen Chenanis Hände auf den übereinandergeschlagenen Knien.

Ein langer Atemzug. Dann sage ich:

«Vater... hilf mir! Ich will euch nicht verlassen!»

Ahmed ag Rali antwortet nur mit einem Zucken der Augenlider. Gleich einer enganliegenden Maske umgibt der schwarze Schleier die Umrisse seines harten, hageren Gesichtes mit den vorspringenden Backenknochen. Er bleibt unbeweglich, aber selbst in dieser stolzen Haltung spüre ich noch die Ausstrahlung einer tiefen Zärtlichkeit.

Als er endlich antwortet, scheint seine durch den Schleier gedämpfte Stimme von sehr weit her zu kommen. Nur ein heiseres Flüstern ist zu hören; ich muß mich zu ihm beugen, wenn ich ihn verstehen will:

«Als wir noch die Herren waren im Hoggar, als Araber und Franzosen vor unserem Schwert zitterten, da wäre die Beleidigung, die man dir zufügte, mit Blut gesühnt worden. Wir hätten unsere Streitkamele gesattelt; hundert Krieger hätten ihren Stolz dareingesetzt, für deine Ehre ihr Leben zu wagen. Heute aber...»

Mit einer ausdrucksvollen Bewegung unterstreicht er seine Worte.

«Heute, da wir jede äußere Macht verloren haben, bleibt uns nur noch der Stolz. Ein Aufstand mit Gewalt würde die Blüte unseres Volkes zerstören und sein Weiterbestehen gefährden.»

Er zögert einen Augenblick, dann fallen seine Worte langsam und eindringlich wie Hammerschläge:

«Ich muß an das Wohl meines Volkes und an seinen Schutz denken. Ich muß deshalb darauf verzichten, die meiner Tochter zugefügte Beleidigung zu rächen.»

Wieder Stille, und das Knistern der Flamme. Ich kann ermessen, was es diesen stolzen Mann kosten mag, solche Worte auszusprechen. Meine Kehle ist wie zugeschnürt, ich kann nur stumm das Gesicht abwenden, wie Torha und Chenani, und so tun, als sähe ich den Ausdruck der Verzweiflung und Hoffnungslosigkeit nicht, der jetzt in den Augen meines Vaters liegt.

Einen Augenblick später nimmt Ahmed ag Rali das Wort wieder auf. Seine Stimme hat die frühere Festigkeit wieder gefunden:

«Chenani hat mir gesagt, daß Ihr in den Süden ziehen wollt. Ich bin gegen diesen Plan. Ein Kel Rela versteckt sich nicht in der Wüste wie ein verfolgter Schakal. Das geht gegen unsere Ehre. Die Tochter des Amrar muß den Kopf oben behalten und leben können, wo es ihr gefällt.»

Er beugt sich nach vorne und legt seine Hand auf Chenanis Schulter.

«Chenani», sagt er, «ist mein Sohn vom Blute her. Du

aber bist meine Tochter, weil ich dir zugetan bin. Eine Ehe zwischen euch beiden ist also möglich, und deshalb möchte ich als Oberhaupt der Kel Rela, daß ihr Mann und Frau werdet, sobald die Hochzeitsvorbereitungen getroffen sind. Mit Gottes Hilfe hat dann niemand mehr das Recht, euch zu trennen.»

Noch immer Schweigen. Ruhig und würdevoll verharren die Eltern, indes ich mich erst maßlosem Staunen und dann der Freude überlasse, die mich in einen schwindelnden Rausch versetzt. Ich suche Chenanis Augen. Sein Blick ist fest auf mich gerichtet, frei von jeglicher Angst. Nur Ruhe und Sicherheit vermag ich aus ihm zu lesen. Was braucht es da noch vieler Worte? Alles haben wir uns gesagt, was zu sagen war...

Schnell ergreife ich die Hand meines Vaters und führe sie an die Lippen.

«Wie du willst, Vater»,flüstere ich.

11. KAPITEL

Hochzeitsfeiern dauern bei uns gewöhnlich acht Tage lang. Aber die Zeit drängt, und so hat mein Vater beschlossen, die Trauriten abzukürzen und noch heute morgen unseren Bund zu segnen. Wenn ich mir vorstelle, was für ein Gesicht Pasquier machen wird, wenn er diese Nachricht erfährt, möchte ich am liebsten laut lachen. Aber was hat das schon zu bedeuten! Mich beschäftigen andere Dinge. Ich habe ja noch so viel zu tun! Trotz der späten Stunde hat die Nachricht im Lager bereits die Runde gemacht, und die Diener sind eifrig dabei, das Fest vorzubereiten. Da ich die Tochter des Amrar bin, muß mir Chenani nach altem Brauch sieben weiße Kamelstuten als Brautgabe schenken. Auch das Zelt aus dreißig rot gefärbten Ziegenhäuten hat er bereitzustellen. Abseits vom Lager dient es uns während der ersten Zeit der Ehe als Behausung.

Meine Mutter hat mir ein neues Kleid geschenkt, dazu einen festlichen, tiefblauen Schleier, glänzend wie der Stahl einer Säbelklinge. Armreifen umtanzen meine Handgelenke, an den Fingern trage ich ausgehöhlte Ringe, die Kieselsteinchen enthalten und bei jeder Bewegung leise klirren.

Ich sammle Kleider und Sandalen auf, meine ganze Habe, und ordne sie in einen bestickten, mit roten Fransen verzierten Sack. Mit einem Kupferverschluß versehen, wird er auf der Frauenseite unseres Zeltes an die Wand gehängt. Ich muß auch Khadines Zaumzeug vorbereiten und den Reisesattel einfetten, damit er glatt und glänzend wird. Meine Freundinnen bringen Geschenke und beglückwünschen mich. Mädchen mit mattschimmernder Haut, die Augen strahlend, inmitten der schwarzen Umrandung des Khol, tragen sie weiße oder rosarote Ganduras und haben in der Eile einen Schal um ihre Zöpfe geschlungen. Wir lachen, plaudern, und die Zeit vergeht.

Schon naht die Morgendämmerung. Die Mädchen sind weggegangen, sie hatten zuviel geredet und gelacht und waren müde geworden. Ich bleibe mit beiden Eltern allein zurück und mit Aicha, die in einer Ecke der Hütte in tiefem Schlaf liegt. Seufzend presse ich die Hände gegen die heißen Wangen: Angst erfaßt mich. Ob ich Fieber habe und gerade jetzt noch krank werde?

«Es ist die Müdigkeit», beruhigt mich Torha und legt fürsorglich eine Decke um meine Schultern. «Versuch zu schlafen, und gleich wird dir besser sein. Du mußt schön sein an deinem Hochzeitstag.»

Aber wie könnte ich jetzt schlafen? Ich liege neben Aicha, deren friedliches Atmen kaum zu vernehmen ist, und lausche auf die Geräusche der Morgenfrühe. Schon sickert Licht ins Innere der Hütte. Ich kann das Stilliegen nicht mehr ertragen. Leise erhebe ich mich und taste mich zwischen den schlafenden Eltern hindurch zum Ausgang. Auf der Schwelle schlüpfe ich in die Sandalen und trete hinaus in den umfriedeten Hof. Im scharfen Morgenwind schwankt das Schilfgitter. In meinen neuen Schal gehüllt, betrachte ich den Himmel. Er wölbt sich über mir als rötlich-blasse Kuppel, an der eine schimmernde Riesenperle, die Sonne, strahlend emporsteigt. Ich atme die kühle, mit Sandstaub erfüllte Luft. Tiefe Freude zieht in mein Herz ein. Freude und Dankbarkeit, wie ich sie noch nie empfunden habe.

Der Brauch will es, daß Chenani während der Vorbereitungen des Festes dem Lager fernbleibt. In einem Zelt, abseits des Dorfes, verbringt er die Nacht; seine Freunde leisten ihm Gesellschaft. Erst im Schmuck von Silber und Elfenbein darf ich ihn wieder sehen, wenn mich der Brautschleier wie ein schimmernder Panzer umhüllt. Minuten werden zu Stunden, Stunden zu Jahren. Wie soll ich das ertragen?

Die Sonne steigt höher, der Himmel wird zu einem Meer aus Helle und Licht. Mit dem neuen Tag erwacht das Lager. Vögel zwitschern, Ziegen im Pferch meckern klagend, irgendwo kräht ein Hahn laut und schneidend. Hunde bellen, andere antworten. Kinder kommen aus den Hütten und reiben sich die Augen. Dort kauert ein schwarzer Diener vor dem erloschenen Herd und stochert in der Asche, da geht eine Dienerin zum Brunnen und stößt einen mit leeren Wasserschläuchen bepackten Esel vor sich her. Bald steigen überall dünne Rauchfäden zwischen den geschwärzten Steinen hervor. In der Luft liegt der Geruch nach brennendem Holz, man hört es knacken und knistern...

Chittu, zusammengekrümmt wie eine große, schwarze Heuschrecke, unterhält die Glut unter dem Kupferkessel. Seine von Gicht verkrüppelten Hände verteilen die duftenden Kräuter und zerstoßen den Zucker mit einem kleinen Hammer. Er gießt kochendes Wasser auf, fügt die Zuckerstücke hinzu, rührt alles gut um und kostet langsam und sorgfältig. Dann schnalzt er zufrieden und schenkt mir ein freundliches Lächeln. Gleich ist der Tee bereit.

Jetzt erscheint mein Vater in weißer Gandura und weißem Schesch auf der Schwelle. Ein Armband aus geschnittenen Steinen, der Überlieferung nach Schmuck und Verteidigungswaffe zugleich, umschließt sein Handgelenk. Ich trete zur Seite, während mein Vater den Vorhof durchschreitet und sich, gegen Mekka gewendet, zum ersten Morgengebet in den Sand niederwirft.

Mitten in diesen Frieden ertönt unvermittelt Hundegebell. Kläffen und Geschrei erhebt sich ringsum. Die mageren Köter drehen sich wild im Kreis und entblößen die Zähne. Sie heulen irr und scharren wütend im Sand. Ich umhülle mein Kinn mit dem Schleier. Angstschweiß dringt mir aus allen Poren und rinnt über den Rücken. Das kann nur eines bedeuten: Die Fremden sind da!

Die Tuareg sind von Natur mißtrauisch und jedem Eindringling feindlich gesinnt. Unbekannte, die unerwartet eintreffen, sind nie willkommen. Wir empfangen sie kühl, wenn nicht gar feindlich, lassen sie erst einmal in der glühenden Sonne stehen und beobachten ihr Verhalten, ihre Stimme, ihre geringsten Bewegungen. Ist der erste Eindruck günstig, so kommt der Älteste, begrüßt die Gäste und lädt sie zum Tee ins Zelt ein.

Heute aber ist alles anders: Die Fremden kommen im Auto, schon ist das Motorengeräusch zu vernehmen. Schrecken hat mich erfaßt, und ich weiß, jedermann im Lager errät und teilt meine Angst.

Mein Vater hat sich nicht gerührt. Unter dem Schleier, der den kantigen Unterkiefer erkennen läßt, murmeln seine Lippen Gebetsworte, und ohne jede Hast bewegt er dazu mit den altgewohnten, tausendfach wiederholten Gesten seine Hände. Von all dem Aufruhr ringsum scheint er nichts zu bemerken. Frauen rufen ihre Kinder und drängen sie in die Hütten, Dienerinnen in bunten Kleidern raffen ihr Gerät zusammen und flüchten mit Ziegen und Hühnern in den Schutz der Strohumfriedung. Ihre dunklen Gesichter spähen zwischen den Gittern hervor. Durch das Hundegebell scheu geworden, springt ein Mehari auf, ein kleiner Junge sucht es zu beruhigen. Auch die Männer haben ihre Arbeit aufgegeben und bilden nun in der Mitte des Dorfes eine stumme, feindselige Gruppe. Die Ältesten kauern sich nieder, die Hände auf den Knien. Andere bleiben aufrecht stehen, nachlässig auf ihren Stab gestützt. Ihre Ganduras flattern im Wind; auf die blauen Gesichtsschleier zeichnet die Sonne schimmernde Reflexe.

Ich stehe noch immer an der gleichen Stelle, wie festgenagelt, und sehe den Wagen rasch näherkommen. Er tanzt als großer schwarzer Fleck auf der Piste daher und wirbelt Staubwolken auf. Eine Hand streift meine Schulter, ich zucke erschreckt zusammen und wende meiner Mutter einen ausdruckslosen Blick zu.

«Geh in die Hütte und laß deinen Vater reden», sagt Torha sanft.

Ahmed ag Rali hat sein Gebet beendet. Er erhebt sich und wendet sich langsam der Männergruppe zu. Unbeweglich verharrt er in der Sonne und wartet.

Auf dem steinigen Boden holpert der Land-Rover ins Lager. Am Steuer sitzt Béchir, schlecht gelaunt und mißmutig, aber mehr noch beunruhigt. Pasquier neben ihm hält sich stocksteif und unbeweglich. Er trägt heute, als Gipfel der Lächerlichkeit für unsere Leute, einen Tropenhelm, den er wohl inzwischen irgendwo aufgestöbert hat. Als wir damals von Algier aufbrachen, besaß er ihn noch nicht. Auf den rückwärtigen Sitzen räkeln sich zwei bewaffnete Polizisten, in staubigen, ölverschmierten Uniformen.

Die Hunde haben sich dem Wagen entgegengeworfen

und umringen ihn kläffend und winselnd. Die Kel Rela betrachten unbeweglich die Eindringlinge. Kein Wort, keine Bewegung. Und doch ist die Luft wie geladen von drohend-unheimlicher Spannung. Meine Mutter hat recht: hier habe ich nichts zu suchen. Ahmed ag Rali wird für mich sprechen, und das ganze Dorf ist bereit, mich zu verteidigen. Ich will zur Hütte zurück, doch da halten mich schwarze Finger am Zipfel meines Schals zurück. Chittu ist es, er gibt mir mit zitterndem Auge ein Zeichen. Ich sehe Chenani zwischen den Hütten auftauchen. Er führt sein rötliches Mehari am Zügel, im weichen Rhythmus der Schritte schwankt der kreuzförmige Sattelknopf. Ohne jede Hast schreitet er daher, mit unbeteiligtem Gesichtsausdruck, den Kamelzügel um den Ellbogen geschlungen. Wer mag ihn gewarnt haben? Ich weiß es nicht. Sein Instinkt vielleicht... Amat, sein Hund, folgt verstohlen, ein sandfarbener beweglicher Schatten, fest verbunden mit dem Schatten des Herrn.

Chittu wiegt sorgenvoll den wolligen Kopf. Er humpelt zu Chenani hin, und ich sehe, wie er ihn mit beschwörenden Gesten anfleht, ihm Ratschläge erteilt. Eine Wolke von Fliegen umschwärmt seinen unsauberen Gesichtsschleier, Chenani läßt sich nicht aufhalten, kaum daß er Chittu beachtet. Aber er wirft ihm mit genau berechneter Bewegung den Zügel seines Reittieres zu, den Chittu im Flug auffängt. Ein kurzer Befehl, und Amat legt sich winselnd zu Boden. Seine hellen Augen bleiben starr auf Chenani gerichtet, der sich ruhigen Schrittes einen Weg durch die Menge bahnt und sich dann Ahmed ag Rali zur Seite stellt. Zum ersten Mal bemerke ich, daß er so groß ist wie sein Vater. Über der weißen Gandura trägt er einen dunklen Baumwollumhang, der in weiten Falten um seine Schultern fällt. Ich sehe die Takuba, den stumpfen Säbel, in einer verzierten Lederscheide am Gürtel hängen...

Ich weiß, Chenani ist tollkühn; seine plötzlichen Reaktionen sind unberechenbar. Ich habe Angst für ihn, mehr noch als für mich. Bleib ruhig, Chenani, denke ich.

«Zurück jetzt, geh' in die Hütte!» flüstert meine Mutter hinter mir und zieht mich nach rückwärts. Aber ich schüttle den Kopf. Ich will Chenani jetzt nicht aus den Augen verlieren, ich muß bereit sein... Meine Mutter scheint mich zu verstehen, sie legt nur schweigend den Schleier vor das Gesicht.

«He», ruft Béchir. «Pfeift eure Hunde zurück...!»

Er zeigt mit vielsagender Geste auf die Polizisten, die an ihren Schußwaffen herumfingern. Auf ein Zeichen meines Vaters stellt sich ein Harratin mit der Peitsche in der Hand vor die entfesselte Meute. Er teilt klatschende Hiebe aus und gibt den Hunden mit scharfer Stimme Befehle. Mit krummem Rücken trollen sie sich schließlich wütend kläffend zur Seite. Pasquier trocknet sich die Stirn. Er wechselt einen raschen Blick mit Béchir und steigt dann vom Wagen. In müder Verzweiflung wird mir bewußt, wie dieser Mann immer wieder als unüberwindliche Wand vor mir steht und mir den Weg in die Freiheit versperrt. Ich kann ihn nicht mehr hassen. Nur noch den einen Wunsch habe ich: er möge mich endlich in Ruhe lassen!

Auch die Polizisten steigen jetzt vom Wagen. Zwei junge Männer von brauner Hautfarbe; in ihren Zügen spiegeln sich Anmaßung und Angst. Sie tragen Gewehre und haben Patronengurten umgeschnallt. Im Gürtel steckt ein Revolver. Verlegen kratzen sie sich am Kinn, treten von einem Fuß auf den andern und wiegen das Gewehr in der Hand. Trotz all der Waffen, die sie mit sich herumtragen, haben sie Angst, man sieht es.

Nun hat Pasquier den Stammesältesten erkannt und nähert sich ihm mit zögernden Schritten. Gegen alle Regeln der Höflichkeit beginnt er als erster zu reden.

«Ah, da sind Sie ja, Amrar! Es ist Ihnen wohl bekannt, daß Ihr Sohn ins Hotel in Tamanrasset eingedrungen ist und Mademoiselle Wenger entführt hat. Wie aus den Zeugenaussagen hervorgeht, hat er ihr die Hände gebunden und sie gegen ihren Willen weggeschleppt. Das sind völlig unzulässige Methoden. Ich mache Sie darauf aufmerksam, daß Sie mit einem Strafverfahren zu rechnen haben, wenn Mademoiselle Wenger mit Gewalt zurückgehalten wird.»

Ich reibe meine feuchtkalten Handflächen gegeneinander. Jetzt einfach verschwinden können, oder tot sein, oder sonst irgendetwas! Weshalb bin ich überhaupt auf der Welt, wenn meinetwegen alle Menschen, die mich gern haben, verletzt und beleidigt werden!

Ahmed ag Rali spricht und versteht kaum Französisch. Aber Béchir hat vor zehn Jahren in einem französischen Regiment im Hoggar gedient und beherrscht die Sprache der Kel Rela. Er übersetzt die Worte Pasquiers und bringt sie dabei in eine höflichere und gemäßigtere Form:

«Der Fremdling hier», so sagt er, «entbietet dir seinen Gruß, Amrar, und bittet um Vergebung für unser Eindringen in Euer Lager. Wir wissen, daß Mademoiselle Wenger hier ist und bitten dich, sie mit uns ziehen zu lassen, weil sie in ihr Heimatland zurückkehren soll.»

Mein Vater läßt seine langen braunen Hände unbeweglich an den Hüften ruhen und antwortet mit seiner tiefen Stimme:

«Sage diesem Mann, das Mädchen sei eine Kel Rela, und ich würde sie heute noch meinem Sohn zur Frau geben.»

Béchir zuckt zusammen und beißt sich auf die Lippen.

«Na, also? Was sagt er?» fragt Pasquier ungeduldig und wühlt in den Taschen nach einer Zigarette.

Béchir blickt verlegen um sich. «Er sagt... er sagt, Mademoiselle Wenger würde mit seinem Sohn verheiratet.»

Pasquier läßt die Zigarette, die er eben angezündet hat, plötzlich sinken und schüttelt mit einer Grimasse seine Finger, die er sich an der Flamme des Feuerzeuges verbrannt hat. Er ist so verblüfft, daß ihm das Wort in der Kehle steckenbleibt. Dann schwillt die kleine Ader auf seiner Stirn und beginnt zu zucken. Seine Nasenflügel weiten sich, und unvermittelt brüllt er los:

«Unglaublich! Unerhört! Wir leben nicht im Mittelalter! Man kann eine junge Europäerin doch nicht gegen ihren Willen verheiraten, wie... wie eine ganz gewöhnliche Eingeborene!»

Vor Erregung beginnt er zu stottern und fährt mit der Zunge über die mit Salbe bestrichenen Lippen.

«Nun, ich glaube, es geschieht gar nicht gegen ihren Willen», wendet Béchir zaghaft ein.

Pasquiers Finger umkrampfen das Feuerzeug. Er versucht kaltes Blut zu bewahren und seine Fassung wiederzugewinnen. Mit Bestürzung und Zorn zugleich betrachtet er die Gruppe dieser stummen Männer, mit den unbeweglichen Gesichtern, die eins zu sein scheinen mit der vollkommenen Öde und Leere der Wüste ringsum.

«Unmöglich», wiederholt er schließlich und betont jedes Wort. «Hört Ihr? Es... ist... un...möglich! In meinem Land haben wir Gesetze zum Schutz der Minderjährigen. Diese Gesetze gelten auch hier. Sagen Sie das diesem Wüstenscheich da, Béchir! Mal sehen, was er darauf zu antworten hat!»

Er tritt erst zwei Schritte nach rechts, dann zwei nach links, und plötzlich begegnen seine Augen meinem Blick. Rasch schaue ich zu Boden, aber doch nicht rasch genug; er hat mich erkannt, trotz dem Schleier, den ich über das Gesicht ziehe. Schon stürzt er nach vorne, an den verdutzten Tuareg vorbei, und ehe sich ihm noch jemand entgegenwerfen kann, dringt er in die Umfriedung der Hütte ein, packt mich am Handgelenk und zerrt mich heraus.

«Mademoiselle Elisabeth! Das geht entschieden zu weit! Sofort steigen Sie in den Wagen und rühren sich nicht, bis ich diese Angelegenheit geregelt habe!»

Er dreht mir den Arm um und stößt mich rücksichtslos vor sich her. Ich wehre mich mit allen Kräften. Die Silberspange löst sich aus meinem Haar, und der Schleier gleitet in den Sand. Pasquier verwickelt sich mit den Füßen darin und stößt ihn von sich. Dann geht alles sehr rasch: Ein starker, nerviger Arm umschließt plötzlich Pasquiers Hals, zieht ihn hart nach rückwärts, und ich bin wieder frei. Verstört, mit dunkelrotem Gesicht, weicht Pasquier Schritt um Schritt zurück, von Chenani mit unwiderstehlicher Gewalt weitergeschleift. Schließlich stößt dieser ihn wie einen Sack unter das Verdeck des Wagens. Pasquier rollt, halb erstickt, hin und her. Er versucht sich von seinem Angreifer zu befreien. Den Tropenhelm hat er verloren, man sieht nun seinen roten Schädel, an dem feuchte Haarsträhnen kleben. Die Kel Rela lachen verstohlen unter ihren Schleiern, die Polizisten stoßen sich mit den Ellbogen in die Seiten, grinsen und denken nicht daran, einzuschreiten. Béchir schreit sich heiser, wobei er allerdings vorsichtig Abstand bewahrt. Der Reihe nach ruft er den Namen Allahs, des Unterpräfekten von Tamanrasset und des Botschafters in Algier an. Chenanis Armklammer bleibt steif und unbeweglich wie ein eiserner Ring. Langsam nähert er seine Augen Pasquiers krebsrotem Gesicht. Wut funkelt in seinem Blick, und doch bleibt er ganz ruhig, als er dem Fremden nun ein einziges kurzes Wort entgegenschleudert:

«Verschwinde!»

Er verengt die Umklammerung noch ein wenig, als Warnung, dann aber läßt er mit einem Ruck seinen Gefangenen los. Pasquier fällt gegen die Motorhaube.

«Brutaler Flegel!» beschimpft er Chenani wütend. «Der hätte mir tatsächlich fast das Genick gebrochen!»

Er hustet, dreht den Hals nach allen Richtungen, wie um sicher zu gehen, daß alle Muskeln noch an ihrem

Platz sind. Dann zeigt er mit dem Finger auf Chenani, der sich nicht mehr gerührt hat, und ruft den Polizisten zu:

«Los, verhaftet den Kerl da! Ich verklage ihn! Der soll es büßen, einen Abgesandten der Botschaft so zu behandeln!»

Die Polizisten zögern. Schließlich stehen sie allein gegen ein ganzes Dorf. Sie wissen genau, diese anscheinend so ruhigen, gesetzten Männer können sich von einem Augenblick zum andern in unbarmherzige Gegner verwandeln. Endlich gibt sich der kräftigere von beiden einen Ruck und tritt vorsichtig, den Finger am Abzug des Gewehrs, auf Chenani zu:

«Komm schon!» sagt er mit unsicherer Stimme.

Aber Chenani bricht – zum allgemeinen Erstaunen – nur in lautes Lachen aus. Es ist ein sehr offenes, ungehemmtes Lachen, voll Spott und Schadenfreude. Dann führt er die Hand zum Gürtel und läßt mit einem einzigen Schwung die funkelnde Klinge seiner Takuba aus der Scheide springen. Der Polizist fährt erschrocken zurück.

«Komm nur her!» redet Chenani ihn an. «Bevor du deine Waffe für Feiglinge überhaupt gebrauchen kannst, hat dich meine Takuba schon in kleine Stücke geschnitten.»

Und als ob dies alles die lustigste Sache der Welt sei, lacht er aus vollem Hals.

Nun schaltet sich Béchir ein. Sein dickes schwarzes Gesicht glänzt vor Schweiß, er unterstreicht seine Worte mit beschwichtigenden Gesten:

«Ruhig bleiben, junger Mann, nur ruhig! Hier gibt's

nichts zu lachen. Wenn du uns hinderst, Mademoiselle mitzunehmen, handelst du gegen einen Befehl der Regierung. Es tut mir leid, aber laß jetzt sofort den Säbel da fallen und komm mit uns auf die Gendarmerie.»

«Wer bist du überhaupt?» gibt Chenani ironisch zurück.

Statt einer Antwort macht Béchir den beiden Polizisten ein Zeichen, und sie treten heran, dieses Mal gemeinsam, wie um sich gegenseitig zu ermutigen. Chenani lacht nicht mehr; ich sehe, wie seine Augen sich verengen. Er hebt die Takuba empor, so daß sich die Sonne in der glatten Klinge spiegelt, und sagt sehr ruhig:

«Bei Allah, bleibt mir vom Leib!»

Ich beiße mir auf die Lippen, um nicht aufzuschreien vor Schreck. Ich weiß nicht, ist es um Chenani Mut zu machen, um ihn von unvorsichtigem Handeln abzuhalten, oder einfach nur, um näher bei ihm zu sein: ich durchschreite den Kreis der Männer rasch und stelle mich neben Chenani. Er hat indessen seine Gegner nicht aus den Augen verloren. Er hebt seine freie Hand und legt sie langsam auf meine Schulter. Ich spüre seine Finger, die sich auf mich stützen, ganz ruhig und ohne zu zittern.

«Was ist hier eigentlich los?» ruft Pasquier außer sich. «Habt ihr Angst vor einem einzelnen Mann?»

Wieder handelt Béchir im Bewußtsein seiner Autorität als Dolmetscher. Er pflanzt sich entschlossen vor Chenani auf und schiebt die Takuba mit der Hand zur Seite.

«Sei vernünftig», beschwichtigt er ihn. «Tötest du einen dieser Männer, dann kannst du dein Leben im Gefängnis beenden. Wann begreift ihr endlich, daß ihr algerische Bürger seid und dem Gesetz gehorchen müßt?»

«Welchem Gesetz?» gibt Chenani zurück. Mit dem Säbel zeigt er auf Pasquier, der seinen Tropenhelm abstaubt. «Der Kerl da ist gekommen, um meine Frau zu entführen. Meine Pflicht ist es, sie zu verteidigen. Wer will mich daran hindern?»

«Was quatscht der da die ganze Zeit?» schreit Pasquier. «So übersetzen Sie doch endlich einmal dieses Kauderwelsch!»

Béchir weiß nicht mehr, wo ihm der Kopf steht. Er hat sich so viel Mühe gegeben, um alle zu versöhnen, und nun herrscht nur noch mehr Verwirrung und Durcheinander.

In diesem Augenblick tritt Ahmed ag Rali aus dem unbeweglich dastehenden Kreis der Tuareg-Männer. In seinem weiß verschleierten Gesicht sieht man nur die dunklen Augen, die weit auseinanderstehen und ohne Zwinkern das blendende Sonnenlicht aufnehmen. Bewußt übersieht er Pasquier, er dreht ihm den Rücken zu und sagt mit klangvoller, ein wenig schleppender Stimme zu Béchir:

«Mein Sohn hat recht. Wir könnten euch töten für die Beleidigung, die ihr meiner Adoptivtochter zugefügt habt, und eure Leichen den Schakalen zum Fraß vorwerfen. Aber nach euch kommen andere, und dann wieder andere, und der Streit endet böse. Du bist ein guter Mann. Du handelst unter Zwang und mußt vor deinem Gewissen verantworten, was du tust. Aber der andere, der Fremde da, ist wie ein unreifer Junge, der sich und seiner Umgebung beweisen will, daß er ein Mann sei. Als Amrar der Kel Rela erkläre ich vor allen Zeugen: Mariemma und Chenani sind einander vor Allah versprochen. Verflucht sei, wer sie trennen will! Ich spreche beide von jeder Verantwortung los, die sie ihrem Volk und mir gegenüber tragen. Mögen sie tun, was ihnen richtig scheint, und Allah möge sie beschützen!»

Bewegung erfaßt die Menge. Die Leute unterhalten sich im Flüsterton und nicken zustimmend. Gegen Chenani gewendet beschließt Ahmed ag Rali jetzt mit derselben ruhigen Stimme seine Rede:

«Chenani, stecke die Takuba in die Scheide.»

Ich vernehme Chenanis gepreßtes Atmen und fühle mit ihm die fiebrige Welle, die jetzt durch seinen Körper geht. Er senkt den Kopf und stößt mit einer ruckartigen Bewegung die Klinge in die Scheide zurück. Dann beugt er wider Erwarten sein Knie vor dem Vater, nimmt dessen Hand und läßt sie einen Augenblick lang auf seinem Herzen ruhen.

«Das soll wohl heißen, daß er sich als Gefangener betrachtet?» fragt Pasquier. Béchir schweigt. Pasquier, außer sich vor Zorn, brüllt ihn an:

«Erklären Sie mir nun endlich, was hier gespielt wird?»

Chenani hat sich wieder aufgerichtet. Er betrachtet Pasquier mit angewidertem Blick. Dann streckt er die Hand aus, so weit, daß er die Brust des Fremden eben noch berühren kann, und schleudert ihm ein kurzes Wort in Tamahach zu. Ein Flüstern, fast ein Seufzer, ist bei den versammelten Männern zu hören. Chenani schaut zu mir hin, und ich neige den Kopf und presse einen Zipfel meines Schleiers zwischen die Lippen. Ohne ein weiteres Wort macht Chenani kehrt und schreitet stolz an den versteinert dastehenden Polizisten vorbei, zur Stelle, wo sein aufgezäumtes Mehari bereitsteht. Chittu kauert im Sand und reicht seinem Herrn den ledergeflochtenen Zügel. Chenani wickelt ihn um sein Handgelenk, schwingt sich in den Sattel und läßt mit einem Peitschenschlag das Reittier sich erheben. Amat heult klagend auf und bewegt sich. Der alte Schwarze brummelt etwas zwischen den Zähnen, legt seine rissige Hand auf den Rücken des Hundes, und Amat beruhigt sich wieder. Im wiegenden Trab des Mehari entschwindet Chenani zwischen den Felsen.

Pasquier kann nicht länger an sich halten. «Was hat er gesagt?» schreit er zornig. «Ich will es wissen! So reden Sie doch endlich!»

Ahmed ag Rali läßt seinen ausdruckslosen Blick auf dem Fremden ruhen, dann wendet er sich um und läßt ihn stehen. Béchir reibt verlegen seine Schuhe im Sand, und die Polizisten unterhalten sich flüsternd. In meinen Schal gehüllt, trete ich langsam näher. Pasquier hat mich nicht kommen hören und zuckt zusammen, als ich so plötzlich vor ihm auftauche. Er ist größer als ich, aber wenn ich den Kopf hebe, befinden sich meine Augen fast auf gleicher Höhe mit den seinen. Ich mustere ihn eine Zeitlang unbeweglich und sage dann mit klarer Stimme, jedes Wort betonend:

«Er wird Sie töten, hat er gesagt!»

12. KAPITEL

Wieder sitze ich im Land-Rover, auf der hinteren Bank, eingeklemmt zwischen den beiden Polizisten, die wenig reden und nur unablässig die ekelhaften kurzen Zigarren rauchen, die Pasquier verteilt hat. Die Gewehre haben sie auf den Knien liegen, bei jeder Unebenheit der Piste stößt mir ein Kolben in die Seite. Aber ich spüre kaum etwas. Was ist all das, verglichen mit dem Schmerz, der mein Inneres erfüllt und sich jeder vernünftigen Überlegung, jeder Selbstkontrolle entzieht! Nicht einmal weinen könnte ich mehr, selbst wenn ich wollte, und das ist vielleicht das Schlimmste...

Der Land-Rover schwankt von Schlagloch zu Schlagloch und zuckelt von einer Fahrtrinne in die andere. Die Sonne scheint uns geradewegs ins Gesicht und spiegelt sich in der staubbedeckten Windschutzscheibe. Man kann überhaupt nichts mehr sehen, und ich frage mich, wie Béchir da noch fahren soll.

Pasquier rückt unruhig auf dem Sitz hin und her, er fühlt sich nicht wohl in seiner Haut. Jetzt beugt er sich zu Béchir hinüber, um sich ihm durch den Motorenlärm hindurch verständlich zu machen.

«Hat er das ernst gemeint, mit dem Töten, dieser Wilde?»

«Ein Targui meint's immer so, wie er's sagt», antwortet Béchir, ohne den Blick von der Piste zu wenden.

«Ein ganz gefährlicher Bursche!» sagt Pasquier entrüstet. «Den sollte man sofort hinter Schloß und Riegel sperren!»

«Überhaupt nicht», gibt Béchir geduldig zurück. «Er handelt nach dem Gesetz seines Stammes und hat Ihnen ganz legal den Krieg erklärt.»

«Er hat mir... was?»

«Eben, den Krieg erklärt. Im Lager stand Chenani unter der Botmäßigkeit seines Vaters, des Amrar. Er durfte ihn nicht bloßstellen und konnte deshalb nichts unternehmen. Aber da der Amrar Chenani nun öffentlich von jeder Verantwortung entbunden hat, ist der junge Mann frei und kann die Ehre von... hm... Mademoiselle rächen.»

Benommen durch diese Eröffnung und durch die Stöße, die den Wagen erschüttern, wankt Pasquier hin und her.

«Ich glaube kein Wort!» ruft er endlich. «So etwas gab's vielleicht früher einmal, als das Land hier noch in der Anarchie lebte. Aber heute doch nicht mehr, in unserer Zeit!»

«So sind die Tuareg, Herr», sagt einer der Polizisten düster und kratzt sich mit dem Fingernagel Tabakreste aus den Zähnen. «Sogar die Herren von der Armee bekamen es mitsamt ihrer Artillerie und den Flugzeugen mit der Angst zu tun, wenn diese Leute mitten in den Manöverübungen mit einer Schwadron Kampfmeharis aufkreuzten und behaupteten, man habe ihr Territorium verletzt. Das ist bei denen der Instinkt, Herr. Die Zeiten sind ja nicht vergessen, da alle Karawanen, die in den Sudan wollten, schön vorsichtig um den Hoggar herumzogen, aus lauter Angst, sie würden dort zu Beefsteak verarbeitet...»

Er seufzt und wirft mir einen unsicheren Blick zu, als wollte ich plötzlich einen Dolch hervorziehen und ihn ihm in die Kehle stoßen.

«An Ihrer Stelle, Herr», schließt der Polizist vielsagend, «ginge ich nicht mehr ohne Waffe aus!»

Pasquier kehrt ihm schweigend den Rücken zu. Auf seinem Nacken sehe ich rötliche Narben. Denkt er wohl noch daran, daß Chenani ihm damals das Leben rettete, als er beinahe lebendig verbrannt wäre? Denkt er daran, wie wir ihn pflegten, als er bewußtlos und zitternd vor Fieber im Zelt lag? Denkt er noch daran, oder hat er alles vergessen?

Vor den Kel Rela bin ich Chenanis Frau, und er ist der Beschützer meiner Ehre. Er hat Pasquier das Leben gerettet, er hat auch das Recht, es ihm wieder zu nehmen. Pasquier hat unsere Freundschaft verraten, unser Vertrauen mißbraucht. Er verdient keine Verzeihung.

Aber ich möchte nicht, daß Chenani für den Rest seines Lebens der Ächtung verfällt. Er braucht Freiheit, wie er Luft braucht zum Atmen, und seine Freiheit bedeutet auch Freiheit für mich. Ohne Chenani habe ich keine Lust mehr zu leben, ohne ihn verdorrt mein Herz, so wie die Ebenen der Wüste ohne Wasser trocken und dürr werden... Hin- und hergeworfen durch die Stöße des Wagens, mit braunen und blauen Malen vom Druck der Gewehrkolben, verfluche ich Pasquier und verwünsche das Schicksal, das ihn auf meinen Weg gesandt hat.

Und wieder steigt die Erinnerung in mir auf:

...An jenem Abend kam Achmud, einer der Kamelwächter, und sagte mir, Khadine sei krank. Sie sei am Ersticken, erklärte er, und spucke Blut. Achmud, der wohlbewandert war in der Kamelpflege, konnte die Ursache dieser seltsamen Krankheit nicht entdecken, um so mehr, als das Tier sich wie wahnsinnig gebärdete und niemanden zu sich heranließ. Ich erinnere mich noch gut, wie bestürzt ich war und wie traurig. Khadine würde doch nicht etwa sterben müssen?

Chenani beruhigte mich: «Keine Angst, wir bringen sie durch!»

Als wir atemlos auf der Weide ankamen, versank die Sonne in einem reißenden Feuerstrom am Horizont, während weit weg am anderen Ende des Firmamentes der bleiche Mond über den Gipfeln heraufstieg.

Die Mehari weideten friedlich im dichten Gras der Hochebene oder rissen mit ihren dicken Lefzen Blätter von den Büschen. Einige wiederkäuten mit aufgetriebenem Bauch, die Augen halb geschlossen, unbeteiligt und zufrieden.

Jungtiere tranken am Euter der Mutter.

Man hatte Khadine an den Stamm eines Baumes gefesselt. Verzweifelt umringten sie die Diener mit lautem Reden und Gestikulieren. Ich bemerkte sogleich, wie sehr sich die Kamelstute verändert hatte. Sie, die sonst lammfromm war, schlug um sich und bäumte sich wie rasend empor. Mit verdrehten Augen wiegte sie den Kopf und stieß hastige Atemzüge aus.

«Ganz plötzlich ist es über sie gekommen, als sie weidete», erklärte Achmud und krazte sich am Kopf. «Sicher hat sie etwas gefressen, was ihr schlecht bekam.»

«Nein», brummte Chenani, «da muß etwas anderes schuld sein...»

Mit gerunzelter Stirn beobachtete er aufmerksam die Stute. Dann befahl er plötzlich:

«Gut festhalten jetzt! Ich will ihr ins Maul sehen.»

Die Schwarzen stürzten sich auf das Tier. Einer zog aus Leibeskräften an Khadines Nasenflügel, während die anderen ihr die Beine hielten, um sie am Ausschlagen zu hindern. Khadine brüllte, ihr Körper wurde von Zukkungen erschüttert, sie drehte den Hals angstvoll nach allen Seiten. Jetzt ergriff Chenani den Zügel und zog den Kopf der Stute zu sich hinab. Er stemmte sich fest gegen das Tier und riß ihm mit beiden Händen mühsam die festverklemmten Lefzen auseinander. Khadine blies ihm ihren fauligen Atem ins Gesicht; deutlich war ein fader Blutgeruch zu verspüren. Chenani stieß den Kopf wieder zurück und betrachtete nachdenklich seine von Blut und Geifer besudelten Finger.

«Sie muß einen Dorn verschluckt haben, er ist ihr im Hals steckengeblieben», sagte er dann. «Wir müssen ihn herausziehen, sonst muß sie sterben.»

«Kannst du das?» fragte ich ängstlich.

«Ich will's versuchen», antwortete Chenani einfach.

Auf seinen Befehl entfernten sich die Diener im Laufschritt und kamen mit Stricken wieder. Ich sah, wie sie sich auf Khadine stürzten und sie trotz verzweifelter Gegenwehr fesselten und knebelten. Gerne hätte ich ihr zugerufen: «Wehr dich doch nicht! Laß die Männer nur machen! Sie wollen dir ja doch helfen...!»

Als Khadine endlich gefesselt war, warfen die Diener

sie mit einem gewaltigen Stoß flach auf den Boden. Die Stute stürzte und versuchte sofort, sich wieder zu erheben. Deutlich sah ich die Anstrengung ihrer Muskeln unter der zitternden schweißfeuchten Haut. Khadine stöhnte vor Schmerz und fiel dann erschöpft zurück. Hals und Flanken waren blutbefleckt; sie atmete nur noch stoßweise. Blut, mit Geifer vermischt, trat zwischen ihren Zähnen hervor und tropfte zur Erde.

«Jetzt die Kiefer auseinander!» befahl Chenani. «Und gut festhalten! Ich habe keine Lust, meinen Arm dazwischenzukriegen!»

Achmud und der andere Schwarze ergriffen den Kopf der Stute und rissen ihr die Lefzen auseinander. Khadines Maul war weit geöffnet, man konnte die kräftigen gelblichen Zähne sehen. Chenani hatte die Ärmel der Gandura hochgekrempelt und stieß kurz entschlossen seine rechte Hand tief in den Rachen des Meharis. Khadine geiferte, ihr nach rückwärts gezerrter Kopf zuckte auf und nieder, während Chenani lange in ihrem Schlund wühlte.

«Allah sei gnädig!» flehte ich, «mach, daß die Harratin stark genug sind und Khadine halten können, und mach, daß Chenani sie von ihrem Übel befreit!»

Unerwartet zog Chenani jetzt seinen blutbefleckten Arm behutsam zurück. Ich sah, wie er zwischen Daumen und Zeigefinger einen langen gekrümmten Dorn in die Höhe hielt. Glücklich lächelnd schwenkte er ihn hin und her und gab dem Mehari einen liebevollen Schlag auf den Hals.

Die Schwarzen umringten uns begeistert wie Kinder. Sie beglückwünschten Chenani und gratulierten sich gegenseitig mit Scherzworten. Erschöpft und regungslos lag Khadine unter einem Baum. Ich kauerte mich zu ihr nieder, streichelte ihren Kopf und sagte immer wieder: «Brav, Khadine, schönes, treues, liebes Tier. Tapfer warst du, aber jetzt ist alles vorbei.» Die Stute hob ihre gewölbten Brauen und schaute mich angstvoll an. Aber bald kehrte das Vertrauen wieder in ihre Augen zurück, sie seufzte auf und ließ sich beruhigt liebkosen.

In diesem Augenblick war das Flugzeug zum ersten Mal zu hören: Wir hoben erst nur gleichgültig die Köpfe, denn Flugzeuge flogen ja häufig hier vorbei. Mit diesem aber schien etwas nicht in Ordnung zu sein. Es flog sehr niedrig, der Motor brummte lärmend, setzte plötzlich aus und kam dann hustend und knatternd wieder in Gang. Bei jedem Knattern machte die Maschine gleichsam einen Satz nach vorne und schwankte im Flug von einer Seite zur andern.

«Der Pilot hat Pech mit seinem Motor», sagte Chenani. «Hoffentlich kommt er bis Tamanrasset!» – Der Flugplatz lag etwa noch hundert Kilometer von uns entfernt.

Rasch verlor das Flugzeug an Höhe. Der Motorenlärm wurde stärker und ging in ein durchdringendes scharfes Pfeifen über. Zu Tode erschrocken nahmen die Meharis Reißaus nach allen Richtungen. Ihnen voran floh eine Mutterstute; das Junge folgte mühsam stolpernd auf zerbrechlichen Beinen. Achmud brach in Verwünschungen aus und machte sich knüppelschwingend an die Verfolgung der Tiere.

Jetzt wurde der Lärm ohrenbetäubend. Das Flugzeug setzte zu einer Kurve an, legte sich auf die Seite und trudelte inmitten einer schwarzen Rauchwolke zu Boden. Es stürzte unmittelbar auf die Weide zu. «Es wird uns alle zerschmettern!» dachte ich, und eine Sekunde später lag ich am Boden und atmete den Geruch von Staub und Kamelmist. Ich spürte, wie Chenanis Arm mich umfaßte. Das Flugzeug raste über unsere Köpfe hinweg, sein Schatten glitt wie ein riesiger Raubvogel mit ausgebreiteten Schwingen über den Boden. Es warf sich gegen den Lavahügel am Ende der Weide, streifte mit dem Fahrgestell den Hügelkamm und tat schwankend einen Satz nach vorne, wobei die Fenster in den letzten Strahlen der Abendsonne blitzartig aufleuchteten. Dann ließ ein heftiger Stoß den Boden erzittern. In einer Staubfontäne flogen Metallsplitter durch die Luft. Ich schloß die Augen und barg mein Gesicht in beiden Händen.

Als ich den Kopf wieder hob, sah ich die Harratin, grau vor Schrecken, bäuchlings im Sand liegen. Die Meharis schrien vor Entsetzen und stoben in panischer Angst nach allen Seiten. Das Flugzeug war am Gipfel des Hügels zerschellt. Flammen züngelten aus den Trümmern hervor und erfüllten die Dämmerung mit unheimlichem Leuchten.

Chenani richtete sich mit einem Ruck auf. «Wenn es Überlebende gibt, muß man sie herausholen, bevor der Motor explodiert», sagte er hastig.

Er riß einem der umstehenden Schwarzen die Peitsche aus der Hand und stürzte dann auf das zunächststehende Mehari zu. Er schwang sich auf seinen Rücken und peitschte heftig die Flanken. Das Mehari setzte sich ruckartig in Bewegung. Ich nahm einen Zipfel meines Schleiers zwischen die Zähne, raffte den unteren Teil der Gandura empor und stürzte dem Reiter nach. Dornen ritzten meine Füße, ich stolperte über Steingeröll und blieb in Sandbänken stecken. Ich verlor erst die eine Sandale, dann die andere, und eilte barfuß weiter, ohne mich um das verlorene Schuhwerk zu kümmern. Im Halbdunkel erblickte ich die Silhouette des Mehari, das im Galopp den Abhang des Hügels erklomm. Plötzlich schreckte es furchtsam zurück und brüllte laut auf. Mit Peitschenhieben brachte Chenani das Tier wieder in seine Gewalt und trieb es weiter voran. Halbverdeckt durch Feuer und Rauch, war jetzt das Flugzeugwrack zu sehen. Verbeulte, zerfetzte Metallteile lagen ringsumher verstreut. Mit einem Male vernahm ich gellende Schreie und begriff, daß sich noch Überlebende in den Trümmern befanden...

Chenani war vom Mehari zur Erde gesprungen. Undeutlich sah ich seine Gestalt von Felsen zu Felsen jagen und schließlich in den Feuerherd eintauchen. Völlig außer Atem, rannte ich, wie ich noch nie im Leben gerannt war. Die Schreie waren verstummt, ich vernahm nur noch die pochenden Schläge meines Herzens. Immer noch stolperte ich aufwärts. Ich riß mir an Felszacken die Hände wund; ein glühendheißer Eisensplitter verbrannte mir den Fuß. Vor dem rötlichen Flammenhintergrund tauchte plötzlich Chenani auf. Er zerrte den leblosen Körper eines Mannes hinter sich her, hievte ihn auf seine Schultern und begann zu laufen. Mit scharfem Zischen stieg eine weißliche Stichflamme vom Brandherd auf. Chenani rief mir eine Warnung zu und warf sich hinter einer Klippe flach zu Boden. Ich hatte gerade noch

Zeit, mich niederzukauern, da explodierte mit gewaltigem Getöse der Flugzeugmotor. Glühende Einzelteile wurden in die Luft geschleudert und glitten wie Meteore in sanften Bogen zur Erde nieder, wo sie im Sand erloschen. Dann herrschten Stille und Dunkel, und nur die Reste des Flugzeuges glommen in bläulichem Schein durch die Nacht. Über das völlig zerstörte Wrack züngelten kleine Flämmchen.

«Chenani!» rief ich voll Angst, und immer lauter, in beginnender Panik:

«Chenani, wo bist du, hast du dich verletzt?»

Im gleichen Augenblick sah ich ihn die Geröllhalde herabkommen. Er trug den Geretteten auf der Schulter. Ich stieß einen Seufzer der Erleichterung aus und stellte verwundert fest, daß meine Beine heftig zitterten. Verstört setzte ich mich auf einen Stein. Jetzt war Chenani bei mir angekommen, seine Kleider waren zerrissen und rauchgeschwärzt. Er hatte Blut an den Händen.

«Der lebt noch», sagte er mit rauher Stimme, «für den anderen konnte ich nichts mehr tun, er war zwischen den Trümmern eingeklemmt. Allah möge ihm ewige Ruhe schenken!»

Er ließ den Verwundeten von seiner Schulter gleiten und lehnte ihn gegen einen Felsen. Ein noch junger Mann, blond, mit aufgedunsenem, rauchgeschwärztem Gesicht. Seine Kleider hingen in Lumpen um ihn, durch Löcher und Risse konnte man den mit Verletzungen und Brandwunden bedeckten Körper sehen.

Gestikulierend eilten die Harratin herbei und redeten alle gleichzeitig auf uns ein. Einer hatte eine Feldflasche aus Ziegenleder dabei und reichte sie Chenani, der mit langen, durstigen Zügen trank. Dann beugte er sich über den bewußtlosen Fremden und besprengte dessen Gesicht mit Wasser. Der Unbekannte begann zu zittern, öffnete die Augen und sandte einen leeren Blick in die Runde. Er murmelte ein paar unverständliche Worte und fiel dann wieder in Ohnmacht.

«Wir müssen ihn ins Lager bringen», sagte Chenani.

Er legte seine Gandura ab und umhüllte den Verletzten mit sanften, geschickten Bewegungen. Dann nahm er ihn auf seine kräftigen Arme und stieg langsam den Abhang des Hügels hinab.

13. KAPITEL

Der Fremde wurde in unserer Hütte niedergelegt. Aicha und ich brachten Teppiche und warme Decken herbei, um ihn gut einzuhüllen, denn er schlotterte vor Fieber. Meine Mutter ließ Kenan rufen, den ältesten Mann des Stammes. Er verstand sich wie keiner sonst auf die Heilkunst. Kenan kam, ganz in Schwarz gekleidet, kauerte sich am Lager des Verwundeten nieder und betastete mit gelblich-ausgemergelten Händen sorgsam dessen Körper. Die Augen des Alten lagen tief in runzelig-faltigen Hautsäcken, sein Blick schien aus unergründlichen Höhlen aufzusteigen. Nach einer Weile schüttelte er den Kopf, hüstelte und sagte:

«Der Mann hier hat Rippen gebrochen und eine Schulter ausgerenkt. Das Glück stand ihm bei. Aber die Verbrennungen sind sehr schwer. Sein Leben steht in Allahs Hand.»

Er band Schultern und Oberkörper des Mannes in saubere Tücher ein, welche straff angezogen wurden, um die Knochen unbeweglich zu halten. Dann nahm er aus seinem ledernen Brustbeutel verschiedene getrocknete Kräuter, zerstieß sie in einem Mörser und weichte das Pulver in Wasser auf. Er kochte daraus einen Absud, den er auf die verbrannten Stellen auftrug. Der Mann stöhnte auf, aber er rührte sich nicht. Aus dem gleichen Lederbeutel holte Kenan schließlich eine Prise Chinin, ein kostbares Medikament, das er von Karawanenreisenden aus dem Norden eingehandelt hatte. Er löste es in Wasser auf und flößte den Trank dem Unbekannten ein.

Die ganze Nacht und auch den folgenden Tag blieb der Fremde bewußtlos. Sein Körper bedeckte sich mit Blasen, die Kenans Schutzpflaster durchbrachen und Krusten bildeten. Das Fieber entstellte sein Gesicht zu einer starren, schweißglänzenden Maske. Er gestikulierte mit den Händen und redete in seinen Fieberphantasien in einer unbekannten Sprache. Von morgens bis abends ließen wir vor der Hütte ein Feuer brennen, um durch den Rauch die Fliegen zu vertreiben. Bei Einbruch der Nacht kam Kenan wieder, um nach dem Kranken zu sehen. Er erneuerte die Pflaster auf den Brandwunden und sagte dann zu Torha, die ihm die Lampe gehalten hatte:

«Das Fieber ist hoch. Ein wenig Chinin habe ich noch, aber ich bin nicht sicher, ob es etwas nutzt. Soll ich's nicht besser für einen Kranken aufheben, dem es wirklich Erleichterung bringen könnte?»

Torha stellte langsam die Lampe zurück. Das bernsteinfarbene Licht erhellte ihre friedlichen Züge. Ohne Zögern antwortete sie:

«Chenani hat diesem Menschen das Leben gerettet, er ist unser Gast. Laß nichts unversucht, um ihn zu heilen.»

Kenan seufzte und hüstelte. Er nestelte den Brustbeutel los und schüttete den kleinen Chininrest in einen mit Wasser gefüllten Becher, den Torha ihm reichte. Wortlos setzte er das Gefäß an die Lippen des Kranken.

In dieser Nacht fiel das Fieber immer noch nicht. Schauer schüttelten den Körper des Kranken, Schweiß sammelte sich in den Falten seines Gesichtes, und anhaltendes Zittern ließ seine Zähne zusammenschlagen. Ich legte ihm feuchte Tücher auf die Stirn und hob seinen Kopf, um ihn trinken zu lassen. Aber das Wasser drang nicht zwischen die zusammengepreßten Zähne und tropfte ihm übers Kinn. Als der Morgen dämmerte, öffnete der Fremde endlich die verschwollenen Lider und schaute mich zum ersten Mal mit einem klaren Blick an. Er stellte mir eine Frage, die ich nicht verstand. Ich antwortete nur mit einem Lächeln, und dann hatte der Mann die Augen wieder geschlossen. Er seufzte, bewegte sich einen Augenblick lang, dann wurde er ruhig. Regelmäßige Atemzüge hoben seine Brust. Ich berührte seine Hand: sie fühlte sich warm an, aber nicht mehr brennend-trocken wie vorher.

Erst am Nachmittag des folgenden Tages erwachte der Verwundete wieder. Erstaunt musterte er das Innere der Hütte, bis sein Blick schließlich auf den Lederbeuteln an der Wand haften blieb. Er versuchte, sich aufzurichten, fiel aber sofort wieder mit schmerzverzerrtem Gesicht auf das Lager zurück.

«Fürchten Sie sich nicht», sagte ich freundlich. Ich hatte französisch gesprochen, so deutlich wie möglich. Der Mann betrachtete mich. Zwischen den blassen Wimpern erschienen seine leicht hervorstehenden Augen grau und glanzlos. Er hatte eine platte Nase und auseinanderstehende Zähne. Ein rauher Bart bedeckte Kinn und Wangen, überall löste sich die verbrannte Haut in Fetzen ab. Man sah, er litt starke Schmerzen.

«Was... was ist geschehen?» fragte er mühsam.

«Ihr Flugzeug ist abgestürzt», erklärte ich ihm. «Chenani hat Sie gerettet.»

Er runzelte die Stirn. «Das Flugzeug? Welches Flugzeug?» wiederholte er verwundert, und ich dachte entsetzt, daß er vielleicht das Gedächtnis verloren hätte. Aber mit einem Mal schimmerte ein Strahl des Erkennens in seinem Blick:

«Ja, jetzt erinnere ich mich... Wir hatten einen Motorschaden...»

Er wollte sich wieder aufrichten, aber es gelang ihm nicht. Er ließ sich aufs Lager zurückfallen und stöhnte:

«Wo ist Bernard?»

Ich verstand nicht sofort.

«Zwei! Wir waren doch zu zweit!» Aufgeregt streckte er zwei Finger in die Höhe. «Wo ist der andere?»

Ich senkte den Kopf und murmelte:

«Wir konnten nichts für ihn tun. Die Harratin haben ihn begraben.»

«Mein Gott!» stammelte der Unbekannte.

Er bewahrte Schweigen, während ich mich abwandte, um ihn mit meinen Blicken nicht in Verlegenheit zu bringen. Einen Augenblick später sagte er:

«Ich habe Durst.»

Rasch füllte ich eine Tasse und half ihm trinken. Als er seinen Durst gestillt hatte, fragte er:

«Wo bin ich hier?»

«Bei den Kel Rela.»

Da er offenbar nichts verstand, fügte ich hinzu:

«Tuareg.»

Der Mann zuckte zusammen:

«Tuareg», rief er, «Großer Gott!»

Er bedeutete mir mit einer heftigen Handbewegung, näher zu kommen. Ich kniete dicht an das Lager und beugte mich über ihn, um jedes seiner Worte verstehen zu können.

«Hören Sie», flüsterte er, «ich muß hier heraus, so schnell wie möglich! Ich riskiere sonst eine Wundinfektion! Benachrichtigen Sie Sidi Aziz, den Unterpräfekten von Tamanrasset. Er soll einen Wagen schicken, der mich ins Spital bringt. Er soll auch eine Krankenpflegerin hersenden, ich brauche Penizillinspritzen! Mein Name ist Pasquier, Robert Pasquier. Das Fernsehen hat mich hierher geschickt; ich soll einen Film drehen. Verstehen Sie?»

Ich betrachtete ihn starr vor Staunen. Nein, ich verstand kein Wort! Ich wußte ungefähr, was ein Film war, aber vom Fernsehen hatte ich noch nie etwas gehört. Ich bat ihn, sich nicht so aufzuregen, das schade ihm nur und bringe ihm einen Fieberrückfall. Und ich versprach ihm, wir würden alles tun, um ihm zu helfen. Das schien ihn zu beruhigen. Er stammelte ein paar Dankesworte und sank dann wieder in den tiefen Schlaf der Erschöpfung.

Ich nützte diesen Augenblick der Ruhe und suchte meinen Vater auf, um ihm von den Wünschen des Kranken zu berichten. Ahmed ag Rali nickte. Der Mann wollte nach Tamanrasset zurück? Das schien richtig und vernünftig, denn dort war man zweifellos in Sorge um ihn. Er befahl deshalb einem Boten, sich noch am selben Tag nach der Hauptstadt auf den Weg zu machen.

Später, als es dem Verwundeten besser zu gehen schien, beschloß mein Vater, ihn zu besuchen. Er kam mit Chenani, und als ich die Hütte verlassen wollte, bat er mich zu bleiben und als Dolmetscherin zu helfen. Das war eine große Ehre für mich.

Mit gekreuzten Beinen setzte sich Ahmed ag Rali neben dem Lager des Kranken nieder, wünschte ihm baldige Genesung und berichtete ihm, ein Kamelreiter sei seinetwegen nach Tamanrasset unterwegs. Pasquier schien befriedigt.

«Mein Sohn hat Sie aus den Trümmern herausgeholt», fuhr Ahmed ag Rali fort und zeigte auf Chenani, welcher abseits saß und ehrerbietiges Schweigen bewahrte, wie es sich für einen Sohn im Beisein des Vaters geziemt.

Pasquier warf Chenani einen schnellen Blick zu.

«Haben Sie unter den Flugzeugtrümmern nicht eine Metallkassette mit einem roten Kreuz gefunden?» fragte er, «sie enthält Medikamente, die ich jetzt dringend benötige.»

Chenani war durch diese Frage überrascht, aber die Höflichkeit verbot ihm, seine Überraschung zu zeigen.

Er antwortete mit ruhiger, ein wenig zögernder Stimme:

«Als ich beim Flugzeug ankam, konnte jeden Augenblick der Motor explodieren. Ich mußte mich also beeilen und hatte gerade noch Zeit, Sie unter den Trümmern hervorzuziehen.»

«Aber die Brandwunden! Das gibt eine Infektion!» rief Pasquier. «Ihr wißt nicht, wie so etwas behandelt wird. Die Pflaster verursachen nur Wundbrand!» Er erregte sich immer mehr und gestikulierte wild. Sein Gesicht bedeckte sich mit Schweiß.

«Was sagt er?» fragte Ahmed ag Rali erstaunt.

Unter seinem durchdringenden Blick errötete ich, als sei ich selbst schuld an der Unhöflichkeit dieses Fremden.

«Er... er beklagt sich, wir pflegten ihn nicht richtig, und er hat Angst, seine Wunden würden sich infizieren», übersetzte ich schüchtern.

Mein Vater rührte sich nicht, aber ich sah deutlich, wie sehr ihn diese Antwort enttäuschte und kränkte. Er erhob sich würdevoll, und Chenani tat es ihm nach, denn er hatte nicht das Recht zu sitzen, wenn sein Vater stand.

«Es ist gut», sagte Ahmed ag Rali, «wir haben getan, was in unserer Macht stand. Möge Allah Ihnen eine rasche Heilung schenken!»

Er verbeugte sich und verließ die Hütte. Noch einen Augenblick lang hoben sich seine Umrisse weiß vom tiefen Blau des Himmels ab, dann war er verschwunden. Ich blieb allein zurück, tief beschämt.

Einige Minuten später verließ ich die Hütte, unfähig, die Gesellschaft Pasquiers länger zu ertragen. In der Umfriedung fand ich Chenani im Schatten des Zaunes sitzen. Wie geistesabwesend rieb er den Sattel seines Meharis glänzend.

«Ein sonderbares Benehmen hat der Fremde», sagte ich und setzte mich neben ihn. «Du hast ihm das Leben gerettet, und er hat dir nicht einmal gedankt.»

«Er fürchtet sich vor dem Sterben», sagte Chenani, ohne die Augen von seiner Arbeit zu erheben. Seine abweisende, fast starre Miene zeigte mir, wie sehr er durch das Verhalten des Fremden verletzt sein mußte.

«Laß ihn», sagte ich und legte die Hand auf seinen Arm, «es ist ein Fremder. Er denkt anders als wir.»

«Wenn wieder einmal ein Flugzeug am Felsen zerschellt, lasse ich die Besatzung verbrennen!» sagte Chenani bitter. Dann lächelte er mir zu.

«Aber du hast recht! Was hat das schon zu bedeuten!»

Seine Finger schlossen sich eng um die meinen.

«Weißt du», sagte ich und schnitt eine Grimasse, «ich wäre froh, wenn er endlich ginge!»

«Und ich erst!» gestand Chenani.

Unsere Blicke begegneten sich. Und wie in gegenseitigem Einvernehmen brachen wir in ein befreiendes Lachen aus.

Pasquier weigerte sich, das Essen anzurühren, das wir ihm brachten. Er trank nur Milch und behauptete, unsere Kost bereite ihm Magenbeschwerden.

«Daß er nichts ißt, ist kein gutes Zeichen», sagte meine Mutter ratlos zu Chittu, der die Mahlzeiten zubereitete. «Ein Mensch gleicht doch dem anderen. Weshalb sollte der Magen dieses Fremden unsere Nahrung nicht ertragen können?»

Ich empfand keinerlei Sympathie mehr für Pasquier, besonders nachdem er meinen Vater und Chenani beleidigt hatte. Und doch fühlte ich immer wieder Mitleid mit ihm, wohl weil ich ihn die ganzen Tage über gepflegt und um sein Leben gebangt hatte.

«Kranke haben ihre Launen», sagte ich zu meiner Mutter. «Gib mir sein Essen, ich will es ihm bringen und dabei versuchen, ihn umzustimmen.»

Torha nahm die Kupferplatte und füllte sie mit Kus-Kus und Schaffleisch.

«Vielleicht erreicht Mariemma mit ihrem Lächeln, was mir trotz aller guten Worte versagt blieb?» neckte sie mich und steckte einen Löffel in das dampfende Gericht.

Ich schlüpfte aus den Sandalen und betrat die Hütte. Ich erinnere mich genau, ich trug an jenem Tag einen leichten farbigen Schal. Meine Haare waren frisch gewaschen und fielen mir frei über die Schultern.

Pasquier lag auf der Matratze, das Gesicht der Wand zugekehrt.

«Hier bringe ich das Essen, Herr», sagte ich.

Pasquier drehte sich langsam zu mir hin. Sein schweißglänzendes Gesicht zeigte eine rötliche Färbung.

«Kann man das Feuer vor der Hütte nicht endlich löschen? Bei dem verdammten Rauch kann ich ja kaum atmen!» brummte er.

«Wenn Sie wollen, löschen wir das Feuer», antwortete ich. «Aber wenn kein Rauch mehr da ist, kommen die Fliegen. Und Fliegen gibt es viele um diese Jahreszeit.»

Pasquier murmelte etwas Unverständliches. Er musterte mich von Kopf bis Fuß, als sähe er mich zum ersten Mal.

«Wie kann ein Mädchen wie Sie hier leben?» fragte er wie im Selbstgespräch.

Ich verstand nicht sogleich den Sinn seiner Worte. Im übrigen war mir seine Meinung ziemlich gleichgültig. Ich stellte die Kus-Kus-Platte vor ihn hin und reichte ihm den Löffel.

«Sie müssen essen, wenn Sie wieder gesund werden wollen», sagte ich freundlich.

«Weg mit dem Zeug da!» rief der Kranke. «Ich habe gesagt, daß ich nur frische Milch haben möchte!»

Ich hätte ihm antworten können, Milch würde bei uns nur als Zeichen besonderer Freundschaft angeboten. Aber ich schwieg, denn man darf einen Gast nie beleidigen. Ich zwang mich zu einem geduldigen Lächeln:

«Der Kus-Kus hier ist gut. Wir haben für Sie ein Lamm geschlachtet...»

Ich hielt verblüfft inne, denn Pasquier hatte sich langsam aufgerichtet und starrte mich an.

«Was hat er?» dachte ich verwundert. Da merkte ich, mein Schal war herabgeglitten, und der Fremde betrachtete meine Haare. Schnell legte ich den bunten Stoff wieder um meinen Kopf.

«Sind Sie... Sind Sie wirklich eine Targui?» fragte Pasquier endlich erstaunt.

«Kel Rela», sagte ich.

«Aber Sie sind ja blond und haben helle Augen!»

Das Staunen des Mannes erschien mir komisch.

«Ich bin nicht hier geboren», erklärte ich ihm. «Meine Eltern sind tot, und Torha, meine Pflegemutter, hat mich bei sich aufgenommen, als ich noch ein Kind war.»

«Also sind Sie... eine Europäerin!» sagte Pasquier. Es schien, als habe er den Schmerz der gebrochenen Rippen vergessen. Er saß aufrecht auf seinem Lager.

«Nein», sagte ich, «nein, ich bin eine Kel Rela!»

Ich hoffte, nun würde er sich trotz allem dazu entschließen, einen Bissen zu essen. Ich schob ihm die Platte wieder hin und drängte:

«Essen Sie doch, bitte!»

Pasquier schien mich nicht zu hören. Mit so unverblümter Neugierde starrte er mich an, daß es mir lästig zu werden begann. Ich fühlte mich erröten und wandte mein Gesicht ab, damit er meinen Ärger nicht bemerke.

«Seltsam», sagte er schließlich halblaut, «eine Europäerin, hier in diesem Lager...!» Er streckte die Hand aus, um mich zu berühren, aber ich wich zurück.

«Wissen Sie nichts über Ihre wirkliche Familie?»

Mir wurde immer unheimlicher zumute. Ich fühlte mich von einer heimtückischen Gefahr bedroht.

«Meine Familie ist hier», antwortete ich schroff und abweisend.

Ich bemerkte, daß ich am ganzen Leib zitterte, und gerade in diesem Augenblick stieg das Bild jenes geheimnisvollen Flügeltieres mit dem Buch in den Pranken in meiner Erinnerung auf, ein Bild, das mich manchmal in meinen Träumen heimsuchte...

Ich preßte den Schal gegen den Mund, verließ die Hütte und suchte meine Mutter.

«Was gibt es?» fragte Torha und blickte in mein verstörtes Gesicht.

Ich schmiegte den Kopf an ihre Schulter. Noch immer sah ich das geflügelte Tier, so klar, daß ich es bis in die kleinsten Einzelheiten hätte beschreiben können. Gerne hätte ich mit meiner Mutter darüber gesprochen, aber eine seltsame Angst hielt mich zurück.

So sagte ich nur in einem Atemzug:

«Der fremde Mann sagt, ich gehöre nicht zu euch. Er sagt so seltsame Dinge...»

Torha wollte nicht wissen, was der Fremde gesagt habe. Sie senkte die Brauen, und ein Schatten glitt über ihr Gesicht. Aber das dauerte nur einen Augenblick, und schon zeigten ihre Züge wieder die gewohnte Gelassenheit.

«Hab keine Angst», sagte sie, «in ein, zwei Tagen ist er fort...»

«Ich möchte ihn nicht mehr sehen», flüsterte ich.

Der Blick meiner Mutter glitt über meine Haare, welche hell und luftig auf die Schultern herabfielen. Sie nahm ein paar dicke Strähnen und wickelte sie um ihre Hand. Dann hob sie den Schal empor und band mir die Haare im Nacken zu einem Knoten zusammen.

«Wenn du willst», sagte sie, «pflege ich ihn in Zukuft, dann kann er dich nicht mehr mit Fragen belästigen...»

Erleichterung und Dankbarkeit ließen mich aufatmen. Diesen Fremden mit seiner Neugierde vergessen können, mit seinem dünkelhaften Benehmen, seinen lästigen Fragen! Vergessen auch das Flügeltier, das immer wieder aus dem Dunkel meiner Träume aufstieg!

Am Nachmittag saß ich mit Aicha im Hof der Umfriedung. Wir kämmten uns gegenseitig. Das war stets eine langwierige Beschäftigung, die viel Sorgfalt erforderte und uns während Stunden in Atem hielt. Zuerst war die Reihe an Aicha: Sie mußte geduldig stillhalten, während ich ihre dichten schwarzen Haare mit Fett salbte und sie dann zwischen den Händen rieb, um ihnen Glanz und Geschmeidigkeit zu verleihen. Dann teilte ich mit einem kleinen Holzspatel Strähne um Strähne, flocht sie zu kurzen Zöpfchen und verteilte diese so um Aichas Kopf, daß die untersten ihre braunen Wangen umgaben. Sorgfältig ausgeführt, mußte diese Frisur wochenlang halten.

Freundinnen waren zu Besuch gekommen. Wir saßen im Kreis und plauderten, während der Wind in den blauen Schleiern spielte. Wir erzählten uns viel und kauten Pfefferminzblätter. Im Pferch meckerte eine Ziege. Eine schwarze Dienerin zerstampfte Hirse in einer Kürbisschale. Vor lauter Lachen und Schwatzen hatten wir den Fremden in der Hütte völlig vergessen. Als er nun mit einem Mal keuchend und humpelnd unter dem Hütteneingang erschien, fuhren wir erschrocken in die Höhe. Der Gedanke, unser Lachen und Geplauder könnte seine Ruhe gestört haben, war uns unangenehm. Betretene Stille herrschte, unterbrochen nur von Aichas halberesticktem Prusten. Sie fand den Fremden so häßlich und komisch, daß sie nur mit Mühe ihr Lachen zurückhalten konnte. Mit unrasiertem Gesicht blinzelte Pasquier in die Sonne. Seine Kleider waren zerrissen, und seine Ausdünstung machte sich unangenehm bemerkbar.

«Mademoiselle», redete er mich an, «ich möchte mit Ihnen sprechen...»

Aicha kniff mich in den Arm und begann zu lachen. Die anderen Mädchen schwiegen verlegen und nahmen die Schleier vor das Gesicht. Ich stand widerwillig auf, trat ein oder zwei Schritte auf den Fremden zu und blieb dann in vorsichtigem Abstand stehen. Ich wollte nicht, daß er mich berührte.

«Mademoiselle», nahm Pasquier seine Rede wieder auf und musterte mich, «können Sie sich wirklichnicht mehr an Ihre Eltern erinnern? Waren es Franzosen?»

Ich senkte die Augen und schenkte ihm nur ein feindseliges Schweigen. Meine Eltern hießen Torha und Ahmed ag Rali. Ich kannte keine anderen. Fragen bedeuteten eine Beleidigung für mich. Wozu die Vergangenheit wachrufen, von der ich nichts wußte, von der ich nichts wissen wollte.

«Wie sind Sie hierher gekommen?» drängte Pasquier und wehrte mit den Händen die Fliegen ab. «Sind Ihre Eltern hier umgekommen?»

Umgekommen... das Wort schien sich in meinem Kopf zu verzehnfachen und in Flammengarben auseinanderzubersten. Eine Erinnerung stieg in mir auf, blitzartig und doch mit aller Eindringlichkeit, ein Bild, das vorübergehend ausgelöscht gewesen sein mochte, dessen Spur aber seit jeher tief in meinem Gedächtnis eingegraben war: Krachen und Schreien, eine Staubwolke, und dann vor meinen Augen eine warme, rote Flüssigkeit und ein stechender Schmerz, als sei der Knochen meines Schädels bloßgelegt worden!

Ich wandte mich ab, stolperte wankend gegen das Stroh-Vordach und kauerte mich dort nieder, die Schultern gegen den Stützbalken gelehnt. Erstaunt betrachteten mich die Mädchen; die Dienerin hielt mit offenem Mund ihren Stößel in die Luft, und Pasquier brummte verlegen:

«Mademoiselle, es tut mir leid, wirklich, ich bedaure sehr, wenn ich...»

Ich saß auf der Matte und drehte allen den Rücken zu. Mit den Fingern tastete ich nach der Narbe auf meiner Stirn. Jahrelang hatte ich nicht mehr an sie gedacht, jetzt mit einem Mal wurde ich mir dieses Zeichens wieder bewußt, und in der Erregung glaubte ich gerade dort das Pulsieren meines Blutes deutlicher zu spüren als sonst irgendwo. Mit aller Kraft preßte ich die Finger gegen die Narbe, als hätte ich sie zwischen Hautfalten verbergen können. Ich schämte mich ihrer, weil sie mich verschieden machte von den anderen und mich aus ihrer Gemeinschaft ausschloß. Und ich schämte mich der Stimme in meinem Innern, die mir immer wieder fragend zuraunte: Hat Pasquier recht? Bist du keine Kel Rela; bist du keine Targui? Stammst du woanders her... Aber wer war ich wirklich?

Ich hörte Pasquier husten.

«Mademoiselle, ich wollte Sie wirklich nicht...», begann er und verstummte wieder.

Ich stützte meine Stirn auf die Knie und biß die Zähne zusammen, um nicht in Tränen auszubrechen.

Ich will ihn nicht mehr sehen, dachte ich, er macht mir angst. Solange er da stehenbleibt, drehe ich den

Kopf nicht mehr zu ihm hin! Warum nur mußte ich auch mit diesem Mann zusammentreffen?

Verblüfft und feindselig verharrten die Mädchen in Schweigen. Nur das Klirren ihrer Schmuckstücke war dann und wann zu hören, das Summen der Fliegen oder das klagende Meckern der Ziegen. Nach einiger Zeit begannen die Freundinnen untereinander zu flüstern, und das Geräusch des Stößels in der Kürbisschale ertönte wieder. Pasquier mußte also in die Hütte zurückgegangen sein. Ich erhob mich, trat zu den Mädchen und versuchte, eine unbeteiligte Miene zur Schau zu tragen. Ich dachte wieder an die Narbe auf meiner Stirn. Nur ein schmaler, weißlicher Strich war sie, kaum sichtbar. Aber sie kam mir riesenhaft vor, dick und geschwollen, als hätte man sie mir mit glühendem Eisen soeben frisch eingebrannt...

14. KAPITEL

Am folgenden Tag traf Sidi Aziz, der Unterpräfekt von Tamanrasset, im Land-Rover ein. Wir kannten ihn alle, denn er kam öfters zu meinem Vater auf Besuch. Ein magerer, sehniger Mann mit mattglänzender Haut, das vorstehende Kinn von einem kurzen Spitzbart bedeckt. Er trug einen Pullover und eine gelbe Sonnenbrille. Die Hunde umringten kläffend und zähnefletschend seinen Wagen. Ein Harratin trieb sie auseinander. Ahmed ag Rali trat herbei, um den Besucher willkommen zu heißen. Unterdessen befahl Torha den Dienern, Tee zu bereiten und Teppiche in dem Zelt auszubreiten, das für besondere Gäste bereitstand. Nach dem Austausch der Begrüßungen legte Sidi Aziz die Schuhe ab, nahm im Zelt Platz und trank ohne Hast den grünen, süßen Tee, indem er mit meinen Eltern höflich plauderte. Aicha und ich waren draußen in der Umfriedung geblieben, denn Tuaregmädchen sind zurückhaltend und zeigen sich nicht gern den Besuchern. Ich hörte Pasquier stöhnen und sich im Innern der Hütte bewegen, aber ich tat so, als sei ich taub. Ich war glücklich über seine bevorstehende Abreise, glücklich wie nie zuvor!

Ruhig leerte Sidi Aziz das dritte Glas Tee und erklärte dann, er sei gekommen, um den Fremden abzuholen. Ahmed ag Rali verneigte sich.

«Der Mann erwartet Sie mit Ungeduld», sagte er. Er rief Chittu und gab ihm leise einen Befehl. Der Schwarze kam in die Umfriedung und bat mich mit einem Blick um Erlaubnis zum Betreten der Hütte. Ich trat wortlos zur Seite. Einen Augenblick später tauchte Chittu wieder auf und führte den Verwundeten, der sich schwer auf ihn stützte. Pasquier schleppte sich mühsam dahin. Als er an mir vorbeikam, schlug ich rasch den Schleier vor das Gesicht.

Sidi Aziz hatte sich erhoben.

«Allah sei gelobt! Sie leben!»

«Da sind Sie endlich!» sagte Pasquier und stützte sich mit seinem ganzen Gewicht auf Chittu. «Hatten Sie daran gedacht, eine Hilfskolonne loszuschicken und das Flugzeug zu bergen?»

«Wir befürchteten sofort einen Unfall», sagte der Unterpräfekt, «aber, mein Gott, die Wüste ist groß. Erst mußte die Absturzstelle, nach den Angaben der Nomaden, festgestellt werden, das dauert Tage, wie Sie sich denken können...»

Er hob die Schultern und schloß dann freundlich:

«Zum Glück hat mein Freund hier, Ahmed ag Rali, einen Boten gesandt. Ich kam so schnell wie möglich.»

Pasquier wischte sich die Stirn. Er schwankte, und Sidi Aziz näherte sich ihm besorgt.

«Mein Kamerad war auf der Stelle tot», sagte Pasquier. «Ich kam wie durch ein Wunder davon, dank der Hilfe der Leute hier. Ich habe anscheinend ein paar Rippen gebrochen, eine Schulterverrenkung und Verbrennungen am ganzen Körper. Ist niemand mitgekommen? Ein Arzt, eine Krankenpflegerin?»

Sidi Aziz riß hinter seiner Sonnenbrille die Augen auf.

«Arzt? Krankenpflegerin?» fragte er. «In Tamanrasset gibt es nur weiße Schwestern, Nonnen, die kümmern sich um die Krankenstation. Und für zweitausend registrierte Einwohner haben wir einen einzigen Arzt.»

«Wie, keinen Arzt, keine Krankenpflegerin?» würgte Pasquier hervor. «Aber ich riskiere ja einen Wundbrand, eine Amputation! Sehen Sie nur meine Beine hier! Man hat mir da irgendeine übelriechende Mixtur auf die Wunden gepinselt!»

«Ah so!» sagte Sidi Aziz unbewegt. «Der alte Kenan! Ich kenne ihn. Der hat mit seinen Kräuterpflastern schon manchem Menschen das Leben gerettet, wissen Sie...»

Pasquier musterte die Kel Rela ringsum, und sein Blick begegnete den Augen Chenanis, der ihn voll Verachtung ansah.

«He, Sie da...», rief er und verzog das Gesicht zu einem Lächeln, «Ihnen verdanke ich mein Leben. Jetzt ist die Reihe an mir, etwas für Sie zu tun.»

Er steckte die Hand in die Hosentasche und zog einen dicken ledernen Geldbeutel hervor. Er öffnete ihn, entnahm ihm zwei sorgfältig gefaltete Banknoten und streckte sie Chenani hin.

«So, junger Mann, das ist für Sie. Leisten Sie sich etwas damit, amüsieren Sie sich!»

Aicha verzog ihr Gesicht zu einer Grimasse, und ich hielt den Atem an. Eine solche Beleidigung würde Chenani niemals auf sich sitzen lassen!

Aber Chenani streckte nur langsam die Hand aus und griff mit spitzen Fingern nach den Geldscheinen. Er schaute Pasquier an, und seine Augen verrieten nichts von seinen Gedanken, kaum daß Leben in ihnen aufschien. Mit einer ruhigen, fast gleichgültigen Bewegung zerriß er die Scheine und streute die Fetzen in den Sand.

«Sie sind völlig verrückt!» rief Pasquier ärgerlich. «Weiß der Bursche überhaupt, welchen Betrag er da gerade in Fetzen gerissen hat?»

Sidi Aziz' Gesicht war zu Stein erstarrt.

«Ja, Herr», sagte er kurz angebunden, «er weiß es bestimmt.»

Chenani schien nichts zu sehen und nichts zu hören. Er entfernte sich langsam. Als schlügen unsere Herzen seit jeher im gleichen Takt, als verbinde ein- und derselbe Gedanke unser beider Seelen, so fühlte und empfand ich in diesem Augenblick mit ihm, so sehr schmerzte mich die Demütigung, die man ihm angetan hatte.

«Ich fürchte, ich habe ihn verletzt», sagte Pasquier ehrlich überrascht. «Ich konnte ja nicht wissen, daß diese Leute hier so empfindlich sind.»

Mit den Augen suchte er Ahmed ag Rali, der den Schatten des Zeltes verlassen hatte.

«Danken Sie in meinem Namen dem Lagerchef hier für seine Hilfe und Gastfreundschaft», wandte er sich an Sidi Aziz. «Und sagen Sie ihm, daß ich mein Möglichstes tun werde, um die Familie der jungen Europäerin zu finden, die er bei sich aufgenommen hat.»

Seine Worte befremdeten mich, ohne daß ich ihnen jedoch eine konkrete Bedeutung hätte geben können. Meine Familie finden? Was wollte Pasquier damit sagen? Wieder ergriff mich die Furcht vor einer heimtückisch-lauernden dunklen Gefahr, die ich vorausahnte, deren unheimliche Nähe keine Überlegung beseitigen konnte...

Ahmed ag Rali hörte Sidi Aziz' Übersetzung wortlos an. Er erwiderte gelassen:

«Mariemma hat nur eine Familie, und die sind wir hier!»

Sidi Aziz verdolmetschte die Antwort des Amrar und fügte, zu Pasquier gewandt, mit höflichem Lächeln hinzu:

«Es ist höchste Zeit aufzubrechen. Ich muß vorsichtig fahren, um Stöße zu vermeiden. Wir haben ja auch noch ein schönes Stück Weg vor uns.»

Pasquier nickte. Ich hörte, wie er vor sich hinmurmelte:

«Sobald ich wieder auf dem Damm bin, nehme ich die Sache in die Hand!»

Er humpelte zum Wagen. Chittu und der Unterpräfekt halfen ihm beim Einsteigen. Man schichtete zusammengelegte Decken in seinem Rücken auf, um die Stöße zu lindern. Sidi Aziz nahm Abschied von meinen Eltern und setzte sich ans Steuer. In einer Staubwolke fuhr der Land-Rover davon. Motorengeräusch vermischte sich mit dem Kläffen der Hunde. Mein Mund war trocken, ich hatte große Lust auszuspucken. Ich spürte, wie meine Hand zur Stirne hintastete und die leichte Schwellung der Narbe unter den Haaren suchte. Ich zuckte zusammen, zog meine Finger schnell wieder zurück, als hätte ich ein Stück glühender Kohle angefaßt, und verbarg die Hand hinter dem Rücken...

Kurze Zeit danach erkrankte ich. Ich wollte nichts essen und wurde immer schwächer. Ich fand keinen Schlaf mehr und dämmerte Tag und Nacht in Erschöpfung dahin. Meine Haut war heiß und trocken, violette Ringe umränderten meine Augen. Bald konnte ich das Sonnenlicht nicht mehr ertragen. Ich zog mich in den dunkelsten Winkel der Hütte zurück, wo ich träge und kraftlos liegenblieb. Ich hatte das Gefühl, willenlos dahinzutreiben. Hitze und bleierne Lähmung hatten ganz von mir Besitz ergriffen, und ich vernahm nichts mehr als das Pochen meines Herzens...

Meine Eltern riefen den alten Kenan an mein Krankenlager. In seinen schwarzen Schleier gehüllt, betrat er die Hütte, und wie er sich auf den Boden kauerte, sah er wie ein alter Vogel aus, den man an der Erde angekettet hatte. Er hüstelte, betastete meine Stirn und meine Handgelenke und zog meine Lider auseinander, um die Augen zu untersuchen.

«Fieber hat sie nicht», sagte er zu meiner Mutter, «am Körper ist sie völlig gesund.»

«Aber was ist es dann?» fragte Torha.

Kenan bewegte die ausgemergelten Hände. «Krankheiten der Seele kann nur Allah heilen», sagte er.

«Was sollen wir tun?» fragte meine Mutter.

«Gar nichts», erwiderte Kenan ruhig. «Mariemma muß selbst die Kraft finden, um gesund zu werden.»

Ich sagte: «Nehmt die Lampe weg, bitte!»

Ich wollte nichts als Stille und Dunkelheit. Im Strom der Gleichgültigkeit trieb ich dahin. Ich dachte, wie wenig es im Grund brauche, um aus der völligen Teilnahmslosigkeit in den Tod hinüberzugleiten.

Chenani verließ mich nicht. Während Stunden wachte er an meinem Lager, regungslos, ohne ein Wort zu sprechen. Er zwang mich, Löffel um Löffel Nahrung zu mir zu nehmen. Manchmal suchte ich seine Hand und preßte sie gegen mein heißes Gesicht. Chenani war mir nah, er war verwachsen mit mir wie der Ast eines Baumes mit seinem Stamm...

Vielleicht, daß die ruhige Kraft, die seine Anwesenheit ausstrahlte, mir half, wo Kenans Heilkunst versagt hatte. Ich wurde wieder gesund. Jeder neue Tag gab mich dem Leben ein wenig mehr zurück. Ich fand meinen Appetit wieder, den Schlaf, die Freude an Kleidern, am Schmuck.

Ich genas, und das Leben ging weiter. Ein wenig schlanker und bleicher war ich geworden, aber ich schien sorglos und fröhlich wie vordem. Wenn ich manchmal ohne Grund in nachdenkliche Traurigkeit fiel, dann konnte nur Chenani den wahren Grund erraten.

Allah hatte es so gewollt! Wer kennt seine Ratschlüsse?

Vielleicht hatte meine Krankheit (oder was man dafür hielt) keinen anderen Sinn gehabt, als meinen Willen zu stärken, so daß ich dem Schicksal besser die Stirn bieten konnte. Denn eines wußte ich sicher: Pasquier würde wiederkommen. Und auch Chenani wußte es.

15. KAPITEL

Zwei Monate später etwa gab uns der Vater die Erlaubnis, einen Iljugan zu veranstalten. Der Besuch Abdul Yahias, des Oberhauptes eines verbündeten Stammes, sollte gefeiert werden. Jung und alt im Lager freuten sich, denn Gelegenheiten zum Feste feiern sind selten bei uns. Der Iljugan ist ein Kamelreitertanz. Auf reichgeschmückten Meharis, festlich gekleidet, zeigen die jungen Männer vor ihren Freundinnen ihre reiterliche Gewandtheit und Geschicklichkeit. Die jungen Mädchen sitzen am Boden im Kreis. In der Mitte steht eine Trommel, die sie mit rhythmischen Schlägen bearbeiten. Anfeuernde Lieder und Rufe bringen die Reiter immer mehr in Erregung.

Ich erinnere mich: Die Sonne sank zum Horizont und erhellte mit schrägen Strahlen einen türkisfarbenen Himmel. Am Ende der riesigen Sandebene zog sich eine Felswand hin. Auf weite Entfernung hin erschien sie wie ein Nebelschleier.

Meine Eltern und der Gast hatten unter einem großen Zelt Platz genommen. Noch sehe ich das mit Fransen und Stickereien verzierte rote Vordach aus Ziegenleder im Dunst des Gegenlichtes kupferrot aufscheinen. Diener waren dabei, den Tee zu bereiten. Abdul Yahia, ein hagerer, beweglicher Mann mit glatten Brauen, trug einen blauen Schleier. Er war zu Pferd gekommen, eine seltene Ausnahme hier in der Wüste. Sein Reittier, ein muskulöser weißer Araberhengst, war beim Zelt angepflockt, und alle Kinder des Lagers umstanden ihn. Am silbernen Sattelknopf hingen Gewehr und Doppelfernrohr. Wenn die Fliegen aufdringlich wurden, stampfte das Pferd, warf den Kopf hoch und schüttelte die mit bunten Wollfäden durchflochtene Mähne.

Aicha und ich hatten Stunden gebraucht, um uns auf das Fest vorzubereiten. Zum ersten Mal durfte Aicha am Iljugan teilnehmen. Sie trug eine silberbestickte Gandura und einen Musselinschleier. Ihre dünnen Zöpfe ließen die Ohrläppchen sehen. Ich hatte einen blauen Schal um die Schultern geschlungen. Meine Handgelenke umgaben schwere Silberarmbänder, die mir mein Vater geschenkt hatte.

In Zweierkolonnen, auf jeder Seite des Platzes, warteten die jungen Burschen mit ihren Meharis, bis ihnen mein Vater das Zeichen zum Aufsitzen geben würde. Ich blickte zu Chenani hinüber. Hochgewachsen und schlank stand er da, die Falten seiner weißen Gandura bauschten sich im Wind. Mit all meinen Sinnen empfand ich die Schönheit dieses Augenblicks. Wie herrlich das Leben doch manchmal sein konnte. Nichts Böses konnte mich erreichen, ein Blick nur, ein Lächeln genügten, um den Alpdruck böser Vorahnungen zu verjagen!

Der Tag war kühl für diese Jahreszeit, und es gab viel Wind. Gefolgt von Aicha, gesellte ich mich zu den Mädchen, welche im Kreis um den schweren, mit einem Mufflonfell bespannten Holzmörser saßen. Lachend und wispernd rückten die Mädchen zur Seite und machten Platz. Ich goß ein wenig Wasser auf das Trommelfell, damit es geschmeidiger würde. Dann hob und senkte ich meine hennarot gefärbten Handflächen im Takt und schlug die Trommel. Dumpf vibrierende Töne erfüllten die Luft, während ein eintöniger Singsang, erst zögernd, dann allmählich sicherer werdend, sich von den Lippen meiner Gefährtinnen erhob. Mit wiegendem Oberkörper sangen wir die alten Lieder. Sie rühmen den Mut des Kriegers und erzählen von der Liebe des Mädchens, das ihn im Zelt erwartet. Schwarze Dienerinnen mit blitzend weißen Zähnen umstanden unseren Kreis und begleiteten den Gesang mit Händeklatschen.

Ein Zeichen meines Vaters, und die jungen Burschen lösten sich aus der Reihe und schwangen sich in den Sattel. Sie schlugen mit der Peitsche auf ihre Reittiere ein, die sich laut schreiend erhoben. In Gruppen zu zweien oder dreien ließen sie unter dem Beifall der Zuschauer die Meharis von einer Reihe zur anderen traben. Mit geweiteten Nüstern sogen die Tiere die Luft ein und hoben stolz die mit allerlei Kupferzierrat geschmückten Köpfe. Der Gesang der Mädchen wurde lauter. Seufzer mischten sich dazwischen und schrille Schreie der Dienerinnen. Meine Hände tanzten über die Trommel hin, als seien sie unabhängig von meinem Willen und folgten nur ihrem eigenen Rhythmus. Ich sah nur noch Chenani.

Er hielt die Peitsche zwischen zwei Fingern und saß aufrecht und doch gewandt und beweglich im Sattel. Er beherrschte sein Reittier vollkommen. Man hätte meinen können, er sitze nicht auf dem Rücken eines Mehari, sondern auf weichen Polstern. Deutlich hob sich das feierliche Weiß seiner Kleidung von den reich bestickten, schwarz, violett oder türkisfarben gestreiften Ganduras der Gefährten ab. Unvermittelt löste er sich aus der Gruppe der Kamelreiter und trieb sein Tier in scharfem Galopp gegen die am Boden kauernden Sängerinnen. Die Dienerinnen lachten oder stießen geheuchelte Schreckensschreie aus. Im letzten Augenblick ließ Chenani sein Mehari eine Volte schlagen und umkreiste uns dann in immer engeren Runden. Das dicke Maul des Tieres bewegte sich auf dem biegsamen Hals rhythmisch auf und nieder; der Geruch des emporgewirbelten Staubes vermischte sich mit dem Duft nach Leder und der scharfen Ausdünstung des Felles. Steif gebläht wie Vogelschwingen klatschte Chenanis Gandura im Wind. Wenn unsere Blicke sich kreuzten, senkte ich den Kopf. Kehrte er mir aber den Rücken, dann folgte ich ihm sogleich mit den Augen und achtete nicht auf den Spott der Gefährtinnen.

«Paß auf», neckten sie mich, «jetzt wird statt der Trommel ein Stein aufgestellt! Du bemerkst sicher den Unterschied nicht!»

Oder sie schauten zum Himmel auf und sagten: «Allah bewahre deinen Freund davor, daß er an deinem Blick hängenbleibt und in den Staub geworfen wird!»

Beim Iljugan sind solche Neckereien üblich. Man darf

sich darüber nicht ärgern und muß gute Miene zum bösen Spiel machen. So lachte ich denn laut und schlug immer schneller, immer verwirrter die Trommel, wie um mir Mut zu machen.

In auf- und abwogender Runde umkreiste jetzt die schlangengleich gewundene Mehari-Kolonne unsere Gruppe. Wie Raubvogelschreie stiegen durchdringende Rufe zum Himmel auf. Die Kamele trabten mit erhobenen Köpfen dahin, und der Rhythmus des Tam-Tam peitschte die blau verschleierten Reiter immer mehr auf, die stolz aufgerichtet in den Sätteln saßen. Jetzt drängten die Tiere sich Brust an Brust und stießen mit den Hinterteilen zusammen. Peitschen klatschten scharf, Schleier und Gewänder raschelten. Plötzlich wogte der Reiterkreis in aufgelöster Ordnung zurück und öffnete sich unter Wiehern und Geschrei. Chenani hatte sein Mehari im Lauf niederknien lassen – ein Husarenstück, das nur die gewandtesten Meharisten wagen – und ließ es nun langsam nach vorne robben. Das Tier schnaubte vor Zorn, seine rötlich geschwollene Zunge trat zwischen den Lefzen hervor. Durch Chenanis eiserne Faust gebändigt, robbte es ganz nahe zu mir heran, immer näher, während ich meine unbewegte Miene nur mühsam bewahrte. Ich roch den Moschusdunst des Tieres, fühlte die Wärme seines Atems und sah, wie feine Geifertropfen meinen Schal besprühten. Doch dann riß Chenani das Mehari mit einem einzigen Schwung empor und ritt mit triumphierendem Lächeln davon.

Ich erinnere mich, wie die Sonne, die das Dunkel der Nacht schon in sich barg, gelb und purpurn aufglühte, und dann wie ein weißglühender, riesiger Steinblock zum Horizont hin schwankte. Ich fröstelte im scharfen Wind, die Zöpfe umtanzten meine Wangen, meine Hände schlugen die Trommel immer schneller, immer rasender, mit gänzlich empfindungslos gewordenen Handflächen.

Jemand berührte meinen Arm. Aichas Stimme sagte: «Schau nur, dort drüben!»

Ich fuhr zusammen, als hätte man mich mitten aus einem Traum gerissen, und wandte den Kopf in der angegebenen Richtung. Nahe beim Zelt war ein Land-Rover mit eingeschalteten Scheinwerfern zu sehen, und man vermochte die Umrisse zweier Männer zu unterscheiden, die im Halbdunkel herankamen. Obwohl ich ihre Gesichter nicht sehen konnte, wußte ich doch sogleich, wer die beiden waren: Pasquier und Sidi Aziz, der Freund meines Vaters.

Langsam wandte ich mich zurück. Die Trommel war verstummt. Mit einer raschen Handbewegung legte ich den Schal vor mein Gesicht, während die plötzliche Stille in meinen Ohren zu summen begann. Ich verspürte nur unbestimmte Bestürzung, vermischt mit einer seltsam verwirrten Erleichterung: «Also das war es», dachte ich.

Ich stand aufrecht, steif wie ein Stock, und rieb meine gefühllosen Handflächen gegeneinander. Stumm beobachtete ich die Fremden, und auch die Mädchen ringsum starrten zu ihnen hinüber. Im schwarzgrauen Halbdunkel verloren die Gesichter der Dienerinnen ihre festen Umrisse und verschwammen zu ungewissen Schemen. Kein Wort fiel.

Die Kamelreiter hatten ihre vom Lauf noch erregten Tiere anhalten lassen; ihre Umrisse hoben sich wie Standbilder gegen den Himmel ab. Abseits hörte man Frauen und Kinder flüstern.

Ahmed ag Rali hatte sich zum Gruß erhoben. Betont kühl, wenn auch höflich, begrüßte er Pasquier. Zu lebendig war noch die Erinnerung an die Beleidigung, die dieser Fremde seinem Sohn zugefügt hatte. Wenn der Amrar Pasquier nicht kurzerhand aus dem Lager verwies, so geschah das nur mit Rücksicht auf Sidi Aziz. Die Besucher zogen ihre Schuhe aus, setzten sich, und Sidi Aziz wechselte mit meinem Vater und den Ältesten die üblichen Worte der Höflichkeit. Er hatte Geschenke mitgebracht: Tee und zwei Zuckerhüte. Während die Diener sich um das Kohlenbecken zu schaffen machten, bat Sidi Aziz, mich holen zu lassen. Was er zu sagen habe, so verkündete er, betreffe auch Mariemma. Mein Vater gab Chittu den Auftrag, und humpelnd überquerte der Alte den weiten Platz vor dem Zelt und rief mir mit heiserer Stimme zu: «Dein Vater möchte dich sprechen.»

Ich atmete tief auf. Meine Stirne schien mit einem Mal eiskalt, meine Hände dagegen waren feucht und heiß. Aichas Finger hielten meinen Arm, aber ich löste mich aus ihrer Umklammerung und ging langsam, mit erhobenem Kopf, auf das Zelt zu. Die Kamelreiter hatten sich im Kreis gesammelt, und ich sah Chenani. Mir war, als hörte ich ihn fragen: «Mariemma, was soll ich tun für dich?» Und ich biß mir auf die Lippen, um nicht laut zu rufen: «Mitnehmen sollst du mich, auf deinem Mehari! Fortreiten mit mir, weit fort von hier...! Und schnell, nur schnell...!»

Aber ich schwieg, denn ich durfte meinem Vater jetzt keine Schande bereiten. Er hatte mich gerufen, ich mußte gehorchen.

Die Besucher saßen auf bunten Teppichen und tranken den Tee, den mein Vater ihnen in die Gläser schenkte. Ich erkannte Pasquier nur an den Narben an Hals und Händen wieder. Im weißen Hemd und in untadelig gebügelter Hose erschien er – trotz einem Tag ermüdender Fahrt durch die Wüste – wie ein anderer Mensch. Er war dick geworden, sein glattes rotes Gesicht zeigte in der Umgebung des Unterkiefers rundliche Fettpolster. Er begrüßte mich sehr höflich und schien erstaunt, als ich scheinbar ohne ihn zu bemerken, an ihm vorbeischritt und zu meiner Mutter ging, welche ein wenig abseits saß. Sie umarmte mich, und ich überließ mich ihrer sanften Ausstrahlung, voll Wärme und Vertrauen.

Geräuschvoll schlürfte Sidi Aziz den Tee. Seine Augen wandten sich verlegen ab, wenn sie dem aufmerksamen Blick meines Vaters begegneten. Endlich begann er fast widerwillig zu sprechen:

«Sie dürfen sicher sein, Amrar, ich bedaure diesen Schritt, zu dem mein Amt mich zwingt. Herr Pasquier hat sich in Algier von seinem Unfall erholt und ist vor einer Woche wieder nach Tamanrasset zurückgekehrt. Er brachte eine Vollmacht mit, wonach ihn die algerische Regierung zu Nachforschungen über Ihre Adoptivtochter ermächtigt. Nach unseren Informationen stammen die Eltern des Mädchens und Herr Pasquier aus dem gleichen Land. Er fühlt sich also um so mehr verpflichtet, nachzuweisen, wer Mariemma wirklich ist, und meine Amtspflicht ist es, ihm bei dieser Aufgabe zu helfen. Wir sind gekommen, um das Mädchen nach Tamanrasset zu holen. Von dort aus wird sie dann nach Algier reisen und der Botschaft anvertraut, die sich mit ihrem Fall beschäftigen wird.»

Er schwieg und leerte hastig sein Glas. Mit stockendem Atem klammerte ich mich an den Arm meiner Mutter. Pasquier bot mit einladendem Lächeln den Männern Zigarren an. Abdul Yahia nahm eine, beschnupperte sie mißtrauisch und warf sie dann voll Verachtung von sich.

Mein Vater saß auf seinen gekreuzten Beinen wie auf einem Sockel und blieb unbeweglich. Als er jetzt zu sprechen begann, war seine vor Zorn bebende Stimme kaum wiederzuerkennen.

«Mein Sohn hat diesem Mann das Leben gerettet», sagte er. «Wir haben ihn bei uns aufgenommen und gepflegt. Ist das sein Dank?»

Sidi Aziz drehte sein Glas in der Hand, stellte es auf die Kupferplatte und seufzte.

«Sie müssen mich verstehen, Amrar, es handelt sich um eine schwerwiegende amtliche Angelegenheit, eine Sache, die uns in diplomatische Schwierigkeiten bringen kann. Daß das Ihnen gleichgültig ist, weiß ich. Aber schließlich haben Sie Ihr Lager hier auf algerischem Gebiet und sind also auch den Gesetzen des Landes unterworfen. Wir sind ein junger Staat und müssen für unseren guten Ruf Sorge tragen. Wenn Sie sich weigern, die junge Fremde da ziehen zu lassen...»

Er unterbrach sich und schaute meinen Vater bittend an, als erwartete er von ihm ein Wort oder ein Zeichen, das es ihm erspart hätte, den Satz zu vollenden. Niemand regte sich. Pasquier streckte die steifgewordenen Beine und rauchte schweigend. Unter den Falten des Schesch waren Abdul Yahias Augen nur noch zwei glänzende Punkte.

«Nun?» fragte der Amrar.

Sidi Aziz fuhr mit der Zunge über die Lippen und stieß mit heiserer Stimme hervor: «Ich... ich müßte gegen Sie Anklage erheben wegen Menschenraub und Sie vor Gericht bringen.»

Gemurmel erhob sich unter den Anwesenden. Ich vernahm einen schwachen Seufzer meiner Mutter, während ich selbst steif und wie gelähmt blieb. Mir war, als sei meine Seele vom Körper gelöst, als betrachte ich diese ganze Szene völlig unbeteiligt und gleichgültig.

Mein Vater hatte sich nicht bewegt. Mit halbgeschlossenen Lidern saß er da, als wolle er die ganze Größe der Beleidigung ermessen, die man ihm soeben zugefügt hatte. Der Amrar der Kel Rela, angeschuldigt vor seinen Gästen, vor seinen Dienern! Von Stamm zu Stamm, von Zelt zu Zelt würde dies weitererzählt werden...!

Langsam öffnete Ahmed ag Rali die Augen wieder, und nun nahm sein Gesicht einen derartig furchterregenden Ausdruck an, daß Sidi Aziz erschrocken zusammenzuckte. Überstürzt stammelte er:

«Auf den Koran schwöre ich's, was ich da eben sagte, kam mir nicht aus dem Herzen. Nur amtliche Pflicht hat mir meine Worte vorgeschrieben...»

«Sie sind mein Freund nicht mehr!» sagte der Amrar.

Dann wandte er sich um, maß Pasquier verächtlich mit seinen Blicken und sagte, ohne die Stimme zu erheben: «Verlassen Sie das Zelt!»

Er hatte Tamahach gesprochen, aber der scharfe Ton seiner Worte und seine Haltung machten jede Übersetzung überflüssig. Pasquier nahm erschrocken seine Zigarre aus dem Mund und warf Sidi Aziz einen Blick zu. Der Algerier war völlig verstört. Er wischte mit dem Handrücken den Schweiß von der Stirn:

«Ich habe Sie gewarnt, Amrar, das Mädchen muß mitkommen!»

Die Faust meines Vaters krampfte sich zusammen. Er erhob sich mit einer Bewegung der Hüften, und wie auf ein geheimes Zeichen trieben die vor dem Zelt wartenden Kamelreiter ihre Tiere vorwärts, bis man vor dem dunklen Hintergrund nur noch eine einzige undurchdringliche Mauer weißer Tierkörper sehen konnte. Darüber erhoben sich die wiegenden Hälse der Meharis, die kreuzförmigen Sattelknöpfe und die verschleierten Gestalten der Krieger. Der Hengst am Zeltposten wieherte, durch den Kamelgeruch gereizt, laut auf und stampfte wild. Scheppernd erklangen dazu die Kupferglöckchen seines Zaumzeuges.

«Himmel, was ist los?» rief Pasquier und wurde bleich. «Die wollen uns doch nicht etwa...?»

«Sieht böse aus!» preßte Sidi Aziz zwischen den Zähnen hervor. Wieder redete er meinen Vater an, aber dieses Mal klangen in seiner Stimme weder Vertrauen noch Freundschaft mit, ja nicht einmal mehr Achtung.

«Befehlen Sie Ihren Männern, sich zurückzuziehen!»

Da ertrug ich die Spannung nicht mehr länger, riß mich vom Arm meiner Mutter los und stürzte nach vorne, in den vom Feuerschein erhellten Kreis der Männer.

«Ich habe keine Angst!» rief ich. «Ich gehe mit nach Tamanrasset!»

Stille. Dann allgemeines Flüstern, als wage niemand die Stimme zu erheben. Die Augen meines Vaters waren weit aufgerissen, unter dem feinen Gewebe seines Schesch sah ich seine Stirnfalten erzittern. Er hob seine Hand, streifte mein Gesicht mit einer segnenden oder liebkosenden Gebärde und ließ sie dann sinken. Er sagte nichts. Es war auch nichts zu sagen. Mein Opfer gab ihm seine Würde, seine Ehre wieder zurück. Er hatte nicht das Recht, es zurückzuweisen.

Ein kurzer, schneidender Befehl ertönte, und der Kreis der Kamelreiter öffnete sich. Chenani war zu Boden gesprungen und stand nun auf der Schwelle des Zelteingangs. Feuerschein belebte das Weiß seiner Gandura. Seine Hand umschloß krampfhaft den Peitschenstiel, haßerfüllt blickte er zu Pasquier und Sidi Aziz hin.

Ich näherte mich ihm und schüttelte nur verneinend den Kopf. Chenani atmete schwer; ich spürte, ohne ihn zu berühren, die Anspannung seiner Muskeln. Sanft legte ich meine Hand auf die Finger, die die Peitsche umklammerten. Unsere Blicke trafen sich: Aug in Aug standen wir, und die Luft bebte um uns her, während Himmel,

Feuer, Zelt und alles ringsum im weißlichen Nebel zerflossen, der wohl nichts anderes war als der feuchte Schleier meiner Tränen. Ich flüsterte: «Ich komme zurück, Chenani, ich schwöre es dir, ich komme zurück...!»

Plötzlich stand Pasquier hinter mir. Seine Hand berührte meine Schultern, und ich trat angewidert zur Seite.

«Kommen Sie, Mademoiselle!» sagte er, «es wird Zeit zum Aufbruch. Glauben Sie mir, all das geschieht nur zu Ihrem Besten. Wir wollen Ihnen helfen; Sie sollen Ihren Namen, Ihre Familie wiederfinden. Das hier ist kein Leben für Sie!»

Kein Leben für mich! Wo sollte ich denn sonst leben? Aber ich war viel zu müde und viel zu stolz, um dies zu fragen. Ruhig schlug ich meinen Schal vor das Gesicht und schritt auf die lebendige Mauer der Meharis zu, die mir mit leisem Klingen der Glöckchen einen Durchgang öffneten. Ich fühlte den Blick meiner Eltern auf mir ruhen, die Blicke Chenanis und Aichas, des ganzen Kel-Rela-Stammes. Aber ich winkte nicht zurück und wandte mich nicht um. Eine Hand berührte meinen Arm, und ich sah Chittu, der sein schwarzes, runzeliges Gesicht zu mir erhob. In seinem Auge schimmerte eine Träne. Er reichte mir den Riemen des gestickten Lederbeutels, der meine Kleider, meinen Schmuck, meinen ganzen Besitz enthielt. Mit aller Kraft biß ich die Zähne zusammen, um nicht in Schluchzen auszubrechen. Dann rollte ich den Riemen um mein Handgelenk und schritt mit starrem Blick, wie eine Blinde, auf den Wagen zu...

Man erzählte mir später, Chenani habe an jenem Abend kein Wort gesprochen. Er aß und schlief nicht. Ziellos irrte er um das Lager. Am frühen Morgen, da der Wind sich gelegt hatte, sattelte er sein Mehari, nahm Khadine, mein weißes Reittier an die Hand und machte sich auf den Weg nach Tamanrasset. Dort erfuhr er, man habe mich nach Algier gebracht, und ich käme vielleicht später wieder zur Unterpräfektur zurück. Chenani setzte sich Tag für Tag beim roten Lehmtor am Eingang der Stadt nieder und wartete. Unbeweglich saß er im Staub, neben den beiden fliegenumschwärmten Meharis, mit der geduldigen Ruhe seines Volkes, dem die Zeit nichts bedeutet. Und eines Abends, da der Lärm der Trommeln durch die Stadt dröhnte, sah er weit draußen auf der nordwärts führenden Piste, im gelblichen Schein des wirbelnden Sandes einen Wagen rasch näherkommen...

16. KAPITEL

Der Land-Rover verläßt lärmend die Straße, durchquert ein ausgetrocknetes Flußbett zwischen flachen Klippen und fährt nun auf der Piste zum Hochplateau von Assekrem weiter, wo sich die Einsiedelei der Weißen Väter befindet. Die Sonne hat ihren höchsten Stand überschritten. Alles nimmt im milderen Licht wieder Leben, Gestalt und Farbe an. Ein einziges blaues Funkeln ist der Himmel jetzt. Die goldene Helle auf den Berggipfeln zeigt den Sonnenuntergang an. Zwischen glatten Felsen und geröllbedeckten Abgründen schlängelt sich die Piste dahin. Je höher wir kommen, desto gewaltiger entfaltet sich vor uns eine Landschaft von schwindelerregender Pracht. Aus fernem blauen Dunst erheben sich Bergspitzen und Gipfel; die schräg einfallenden Sonnenstrahlen wandeln sie zu schimmernden Lichtsäulen.

Der Wagen schwankt und bebt, und der Fahrer sucht mit raschen Ausweichmanövern die offenen Schlaglöcher auf der Piste zu vermeiden. Jeder hält sich fest, so gut er kann. Eine Ziegenherde, vom Motorenlärm erschreckt, rast den Bergabhang hinunter, die krausköpfige Hirtin schwingt fluchend ihren Knüttel hinter den Tieren her. Dann herrscht Stille. Ein Falke zieht am Himmel seine Kreise. Sein Schattenbild gleitet über die Steinwände. Es ist kalt, ein rasiermesserscharfer Wind dringt durch die Kleider und läßt die Glieder erstarren.

«Wir sind da», sagt Béchir unvermittelt. Wo sich die beiden Pisten am Fuß eines gewaltigen Felsvorgebirges kreuzen, steht im Sonnenlicht blitzend eine einfache Steinhütte, die man hier als Bergzuflucht errichtet hat.

«Wohnt hier Pater André?» fragt Pasquier.

«Nein», sagt Béchir, «das hier ist nur ein Karawanen-Rastplatz, die Einsiedelei ist weiter oben.»

Er zeigt zur Felswand hinauf, wo eine rundliche Ausbuchtung zu sehen ist. Man denkt an ein Adlernest, das da oben, hoch über der grenzenlosen Landschaft, aufgehängt wurde.

«Wir müssen zu Fuß dort hinauf!»

Der Wagen hält neben der Hütte. Ich steige aus, völlig steif vor Kälte und zittere unter den heftigen Windstößen. Die Polizisten ziehen die Mütze über die Ohren, stampfen mit den Füßen und reiben sich die Hände.

«Kommen Sie», sagt Pasquier und greift nach meinem Ellbogen. Ich weiche zurück. Ich lasse mich nicht gerne von ihm berühren.

Langsam klimmen wir den Abhang empor. Béchir und Pasquier sind an der Spitze, die Polizisten bilden die Nachhut. Ein schmaler, steiniger Pfad windet sich von Felsabsatz zu Felsabsatz. Meine Sandalen rutschen auf dem Geröll. Außer Atem halte ich mit beiden Händen meinen Schal fest. Wir kommen nur mühsam vorwärts. Mit seinem erbarmungslosen Blau schließt uns der Himmel in einen funkelnden Glasberg ein. Flügelschlag und mißtönende Vogelrufe: Raben streichen in schwindelerregendem Gleitflug an den Felswänden vorbei. Ihr Krächzen vermischt sich mit dem Sausen des Windes. Ich schlottere vor Erschöpfung, und Kopfschmerzen umklammern wie ein eiserner Ring meine Schläfen. Unsicher blicke ich in den Abgrund, der schlingernd auf mich zukommt. Die Berge beginnen zu wanken. Ich möchte die Augen schließen und im endlosen Fall, den Raben gleich, mich hinabgleiten lassen in die Tiefe...

Pasquier, der vor mir geht, hält an und mustert mich:

«Was gibt's? Fühlen Sie sich unwohl?»

Der Ton seiner verhaßten Stimme reißt mich in die Wirklichkeit zurück. Ich komme wieder zu Atem und schüttle den Kopf.

Als wir endlich bei der Einsiedelei anlangen, sind die Männer erschöpft. Auch ich kann mich nur noch mit Mühe aufrecht halten. Im Felseinschnitt, am Rande des Hochplateaus, über das der Wind hinwegfegt, erhebt sich ein niedriger Steinbau, mit Brettern abgestützt. In einer Art Nische ein Tisch und ein paar Korbstühle. Balkenumrahmte Türen führen in Zellen mit Steinböden. Auf der Erde liegen geflochtene Matten.

Ein Mann in Targuikleidung, mit Gandura und Schesch, taucht auf. Sein Gesicht ist schmal und zerfurcht; über die spitzen Backenknochen und das schmale, mit einem schütteren grauen Bart bedeckte Kinn spannt sich gelbliche Haut. Unter den schmalen Bogen der Brauen strahlen helle blaue Augen.

«Ich bin Pater André», sagt er. «Willkommen hier oben!»

Er tritt näher und reicht den Männern die Hand. Die seltsam hellen Augen umfassen mich. Nach kurzem Zögern begrüßt er mich in der Sprache der Tuareg. Ich neige den Kopf und erwidere leise den Gruß.

«Bitte, machen Sie sich's bequem», sagt Pater André. «Ich will Ihnen Kaffee wärmen. Ein steiler Aufstieg für einen, der's nicht gewohnt ist. Wir sind hier ja fast auf dreitausend Meter Höhe.»

Die erschöpften Männer lassen sich in die Korbstühle fallen. Ich kauere mich abseits am Fuß der Felswand nieder, den Blick auf die Berge gerichtet.

Pater André kommt mit Tassen und einer dampfenden Kaffeekanne wieder. Die Polizisten haben die Mützen abgenommen und die Gewehre an die Wand gelehnt.

Pasquier zieht Zigaretten aus der Tasche. Béchir gähnt und kratzt sich am Kinn.

Zwischen meinen klammen Fingern zittert die Tasse so stark, daß ich sie kaum an die Lippen bringe. Obwohl wir uns an einem windgeschützten Platz befinden, schlottere ich vor Kälte. Nicht einmal der heiße Kaffee vermag mich zu erwärmen.

«Vermutlich wissen Sie, weshalb wir zu Ihnen kommen», sagt Pasquier.

«Ja, ich weiß. Entschuldigen Sie bitte die Schrulligkeit eines alten Mannes, der ein Dokument, an dem ihm viel gelegen ist, nicht der Post anvertrauen wollte. Und außerdem...»

Pater André richtet ohne ein Wimperzucken seinen klaren Blick auf mich.

«... und außerdem wollte ich das Mädchen sehen.»

Ich senke den Kopf, kalt und starr wie der Fels, an den ich mich lehne.

Ein kupferner Lichtkreis erhellt die Berge.

In seinen knochigen Händen hält Pater André ein schwarz eingebundenes Heft. Als er es aufschlägt, erblicke ich eine kleine, enggedrängte Handschrift, die im Lauf der Zeit offenbar verblaßt ist.

«Seit fünfzehn Jahren lebe ich hier oben», sagt der Pater. «Mein Vorgänger, Pater Benedikt, hatte keine Angehörigen als er starb. Seine persönlichen Dinge gingen an das Heimatkloster zurück, nur dieses Heft hat er mir hinterlassen. Er hielt darin die Ereignisse seines Tageslaufes fest und verzeichnete den langsamen Fortschritt seiner Krankheit. Er war leidend, wollte sich aber nicht von einem Arzt behandeln lassen. Zuletzt war er so schwach, daß er die Einsiedelei nicht mehr verlassen konnte. Die Tuareg vom Dag-Rali-Stamm, die hier in der Nähe ihr Lager hatten, versorgten ihn mit Lebensmitteln. – Hier steht unter dem Datum des 27. Juni 1954:»

«... Das Geologen-Ehepaar Wenger, das mich unlängst besuchte, hat den Tod gefunden. Ich bin erschüttert von dieser Nachricht. Der Wagen der beiden Ausländer wurde von einem Steinschlag erfaßt und in den Abgrund geschleudert. Die kleine Elisabeth, ihre Tochter, hat den Unfall wie durch ein Wunder überlebt. Mein Freund Mohammed und sein Bruder Akkar vom Stamm der Dag Rali haben das Kind gefunden. Neben den Leichen seiner zerschmetterten Eltern war es zwischen Autoteilen eingeklemmt. Sie befreiten es aus seiner Lage und brachten es zu mir. Ich sah sie den Weg zur Einsiedelei emporsteigen. Mohammed trug das Mädchen auf den Armen. Es war mit Schürfwunden bedeckt und hatte die Schuhe verloren. Aus einer Stirnwunde tropfte Blut...»

Pater André unterbricht sich und blickt zu mir. Auch die anderen schauen auf mich. Eine Hitzewelle überflutet mich, die Narbe auf meiner Stirn brennt wie Feuer...

Aber schon liest der Pater weiter:

«... Die Wunde sieht schlimm aus, aber gottlob ist der Schädelknochen nicht verletzt. Ich habe alles desinfiziert und gewaschen und dem Kind, so gut es ging, Mut zugesprochen. Was sollte ich ihm sagen, es ist noch keine drei Jahre alt! Die Mutter war für die Geburt nach Europa gereist und kam vor knapp zwei Monaten nach Algerien zurück. Sonderbar: Das Kind kann sich überhaupt nicht an den Unfall erinnern. Ver-

mutlich die Auswirkung des Schocks. Es weint und ruft immer wieder nach seinen Eltern. Ich versprach ihm, sie kämen bald. Meine Worte scheinen es beruhigt zu haben, jedenfalls schläft es jetzt..

Dieser plötzliche Tod des Ehepaares berührt mich sehr. Gott möge sie in seine Gnade aufnehmen, es waren gute Menschen.

Ich muß an das Schicksal des Kindes denken, denn ich kann nicht für das kleine Wesen sorgen. Manchmal fühle ich mich so schwach, daß mir die Beine den Dienst versagen. Es ist Nacht. Die Dag Rali, denen ich meine Gastfreundschaft anbot, schlafen bereits. Morgen bereiten sie irgendwo ein einfaches Grab für die Toten. In meiner jetzigen körperlichen Verfassung kann ich nur alles ihrer Opferbereitschaft anheimstellen und auf den Herrn vertrauen. Die kleine Elisabeth will ich Mohammed übergeben, er soll sie zur Missionsstation der Weißen Schwestern in Tamanrasset bringen. Dort wird man sich um sie kümmern und dafür sorgen, daß sie in ihre Heimat zurückkommt.

Ich will wachen und die Nacht benützen, um für die Seelenruhe von Elisabeths Eltern zu beten...»

Pater André hält einen Augenblick inne, blättert eine Seite um und fährt dann fort:

«... Freitag morgen. Die Dag Rali sind aufgebrochen. Sie haben das Mädchen mitgenommen. Das Kind fiebert; es muß in ärztliche Pflege kommen! Ich versuchte ihm zu erklären, seine Eltern seien auf eine weite Reise gegangen und hätten es nicht mitnehmen können. Aber es schien mich nicht zu verstehen; es hörte mir gar nicht zu und war völlig teilnahmslos.

Von der Mauerbrüstung aus kann ich Mohammed sehen, wie

er mit seinem Bruder jetzt bei der Piste anlangt. Er besteigt sein Mehari; Akkar reicht ihm sehr vorsichtig das Kind hinauf. Es sind gute Menschen; ich weiß, ich kann ihnen vertrauen...»

Wieder unterbricht sich Pater André und blättert ein paar Seiten weiter. Mir ist, als erlösche das Tageslicht, als brächen die Schatten der Nacht und des Todes in mein Herz ein, um es für immer zu verschlingen. Schauer überfluten mich, ich krümme mich auf meinem Korbstuhl zusammen.

«Und jetzt die letzten Eintragungen...», sagt Pater André:

«... Mittwoch abend. Ich bin ans Bett gefesselt, zu schwach, um mich zu bewegen, von Angst erfüllt. Etwas Seltsames ist geschehen: Mohammed kam wieder, wie er versprochen hatte, und berichtete verlegen, das kleine Mädchen sei gestorben. ‹Aber das ist doch nicht möglich!› sagte ich erstaunt. ‹Sie starb unterwegs›, wiederholte Mohammed. Ich war sicher, er belog mich, und ich sagte es ihm offen ins Gesicht. Er verharrte in Schweigen. Ich machte ihm Vorhaltungen und bat ihn, zu sagen, was er wisse. Aber es war unmöglich, etwas aus ihm herauszuholen. Es war, als hätte er Angst... Ich sagte ihm: ‹Mohammed, du weißt, ich habe nicht mehr lange zu leben. Willst du einen Sterbenden belügen? Sag mir, was ist aus dem kleinen Mädchen geworden?›

Er wurde schwankend und war endlich bereit, zu sprechen. Als sie damals nach Tamanrasset zogen, kreuzte eine Karawane der Kel Rela ihren Weg. Es waren Frauen dabei; unter ihnen Torha, die Gattin des Amrar. Sie ließ sich die Geschichte des Mädchens erzählen und sagte dann zu Mohammed:

‹Tamanrasset ist weit. Das Kind ist schwach und krank und wird die Reise kaum überleben. Vertraue es mir an, es hat seine Eltern verloren. Ich will für das Mädchen sorgen, als wenn es meine eigene Tochter wäre.› Mohammed weigerte sich erst, aber da die Frau auf ihren Bitten bestand, fügte er sich schließlich ihrem Wunsche. Als Targui aus einem Vasallenstamm war er einer Frau edler Abkunft Gehorsam schuldig. ‹Was soll ich aber dem Pater sagen, der mich geschickt hat?› fragte er Torha. Sie antwortete: ‹Wenn du nicht den Mut hast, die Wahrheit zu sagen, dann erzähle einfach, das Kind sei gestorben.› ‹Und was hat sie mit dem Kind getan?› fragte ich. ‹Allah weiß es!› antwortete Mohammed. ‹Sie muß es sehr gern haben, denn sie wiegte es auf den Knien, liebkoste es und gab ihm Süßigkeiten. Das Kind hörte mit Weinen auf, ja es lächelte sogar...!›

Ich bat Mohammed, mir Tinte, Feder und Papier zu bringen, und schrieb dann einen Brief an den Kommandanten der französischen Garnison in Tamanrasset. Ich bat ihn, die Kel Rela, die mit dieser Angelegenheit zu tun hatten, aufzusuchen und die Frau des Amrar davon zu überzeugen, daß sie das Kind zurückgeben müsse. Ich gab Mohammed den Brief, und er versprach mir, ihn dem Kommandanten zu überbringen. Aber wird er Wort halten? Die Kel Rela, die hellhäutigen Tuareg, sind die Herren im Hoggar; die Vasallenstämme fürchten ihre Macht.

Mohammed schnitt mir Brot zurecht und stellte frisches Wasser an mein Bett. Er versprach, wiederzukommen und Rechenschaft über den Auftrag abzulegen. Ich bin allein. Manchmal fühle ich mich so schwach, daß ich zweifle, ob ich noch den nächsten Morgen erlebe...»

Pater André holt eine Petroleumlampe und zündet sie mit ruhig abgemessenen Bewegungen an. Zuckende Schattenspiele geistern über die Wände. Der Pater blickt mich an und streckt mir die Hand hin.

«Setzen Sie sich zu mir», sagt er gütig.

Wie eine Gliederpuppe erhebe ich mich und trete zu ihm hin. Er erfaßt mein Handgelenk mit sanfter Bestimmtheit und läßt den Lampenschein auf mein Gesicht fallen. Seine Hand streift Schleier und Haarsträhnen an meiner Stirn zur Seite und legt die Narbe bloß.

«Elisabeth», sagt er.

Alles um mich her beginnt zu wanken, Felsklippen und Himmel drehen sich langsam im Kreise. Sterne tanzen vor meinen Augen, schneller, immer schneller. Auf und ab wogt der Felsgrund, ich falle in rasendem Sturz, hinab ins Dunkel, ins Bodenlose...

17. KAPITEL

Als ich wieder zu mir komme, liege ich auf einer alten Matratze und bin allein. Nacht ringsum. Über das Hochplateau heult der Wind. Regungslos, noch halb benommen starre ich zur Decke. Was ist geschehen? Warum verlor ich das Bewußtsein? Und ich erinnere mich: Elisabeth, ich bin Elisabeth! Jetzt weiß ich es bestimmt, und merke, die ungewisse Vermutung war tausendmal leichter zu ertragen als die Gewißheit. Ich hasse diesen Namen! Ich will meine Herkunft nicht kennen. Ich bin Mariemma, die Tochter des Ahmed ag Rali, des Amrar der Kel Rela!

Torha ist meine Mutter, Aicha meine Schwester, und Chenani...

Schluchzen würgt mich. Ich weine, ich stampfe mit den Füßen, das Gesicht in der Decke verborgen. Nein, ich will nicht nach Europa, ich will nicht...! Wen werde ich dort noch finden? Alle, die ich hätte liebhaben können, sind tot! Ein Haus soll dort sein, das mir gehört. Was soll ich damit? Ich brauche zum Leben die Einsamkeit der Berge, die grenzenlosen Weiten der Ebene und die Freiheit der Sterne! Auch Geld soll dort für mich bereitliegen. Sie sollen es verteilen oder, noch besser, verbrennen...!

Benommen vom vielen Weinen richte ich mich auf. Ich befinde mich in einer der Gastzellen der Einsiedelei. Kalte Windstöße dringen durchs Fenster: ein schmales Rechteck aus bläulichem Licht. Ich lehne mich hinaus. Man sieht weit hinab, in eine Schlucht. Der Stand der Sterne zeigt den nahen Morgen an. Eine dünne Mondsichel schwimmt auf helldunklem Grund; ihr Licht flimmert auf den Bergkegeln und meißelt aus Helligkeit und Schatten seltsame Figuren. Wo sich die beiden Pisten kreuzen, sieht man, wie mit Tusche gezeichnet, klar erkennbar die Umrisse der Schutzhütte und des Autos.

Die Kälte dringt mir bis ins Mark. Und doch bringe ich die Kraft nicht auf, mich vom Fenster zu entfernen. Schlotternd klammere ich mich am Rahmen fest, außer mir vor Empörung und Verzweiflung. Plötzlich richte ich mich starr auf, das Blut steigt mir ins Gesicht. Dort unten in der Tiefe des Tales regt sich etwas, ganz in der

Nähe der Piste! Eine Erscheinung, so blaß und unbestimmt, so schwebend leicht, als sei sie unwirklich und wesenlos! Eine weiß verschleierte Gestalt, nur in Umrissen zu erkennen, und auf dem dunklen Grund ein Mehari!

Die Zeit scheint stillzustehen. Ich höre nur noch die harten Schläge meines Herzens und das Brausen des Blutes in meinen Ohren! Welches Wunder kühner Schlauheit ließ Chenani so schnell unsere Spur finden? Ich denke an den Auftrag, den er sich selbst gab: mich zu befreien und seine Ehre zu retten. Freude und Bangigkeit und eine ganze Flut unbestimmter, erregender Gefühle lassen mich erzittern.

Zur Tür stürzen, sie mit Faustschlägen und Fußtritten erschüttern...! Vergeblich! Sie ist von außen mit einem Riegel verschlossen. Wie eine Wespe schwirre ich zum Fenster zurück und lehne mich hinaus. Unter mir fällt die dicke Mauer zehn Meter tief senkrecht ab. Unmöglich, von hier aus zu entfliehen. Wozu rufen? Es wäre nutzlos, ich würde nur das ganze Haus aufwecken.

Was tun? Ich kann nur warten und warten, ohnmächtig die Fäuste ballen und an den Lippen nagen. Wie hart und schwer das ist.

Schließlich lasse ich mich erschöpft zu Boden gleiten, ziehe meinen Schleier vor das Gesicht und verharre so, an die Wand gelehnt, geschüttelt von Kälteschauern und verkrampftem Schluchzen, bis der Schlaf kommt.

Ächzend öffnet sich die Tür, ein Sonnenstrahl fällt in die Zelle. Pater André steht draußen im Sonnenlicht. Aus dem tiefbraunen Gesicht leuchten klar und frisch die blauen Augen.

«Wie geht es Ihnen, Kind?» fragte er besorgt.

Ich richte mich mühsam auf. Er sieht mein Gesicht, die vom Weinen rot verschwollenen Augen. Er tritt auf mich zu und will mich stützen, aber ich weiche gegen die Wand zurück. Pater André schüttelt ernst den Kopf. Er scheint zu begreifen.

«Nur Mut, Elisabeth!» sagt er gütig. «Ich darf Sie doch so nennen, nicht wahr? Sie haben seltsame Schicksale erfahren, und Ihr künftiges Leben wird nicht leichter sein als das bisherige. Es steht mir nicht zu, Sie in der oder jener Richtung zu beeinflussen; ich glaube, Sie müssen Ihren Weg selbst suchen. Und ich wünsche und bete darum, daß Sie zur Ruhe kommen, Ihr Glück finden...!»

Kaum daß er die Lippen bewegt. Man könnte meinen, er spreche mit sich selbst. Ich spüre seine Güte und seinen ehrlichen Willen, mir zu helfen. Aber auch das läßt mich jetzt gleichgültig. Ich denke nur an Chenani, der irgendwo im Gebirge auf der Lauer liegt und geduldig wartet, bis der Augenblick zum Handeln gekommen ist...

Da ich keine Antwort gebe, faßt mich Pater André am Arm und sagt freundlich:

«Kommen Sie jetzt, trinken Sie eine Tasse Kaffee. Das wird Ihnen gut tun!»

Ich lasse mich mit fortziehen, geblendet von der strahlenden Morgensonne. Ringsum funkelt und glänzt die Welt im Licht. Berge bohren sich gleich spitzen Zähnen in den Himmel. Das Krächzen der Raben bringt Leben in die lähmende Stille...

Pasquier, Béchir und die Polizisten sitzen um den Tisch. Béchir rührt mißmutig in seiner Kaffeetasse, die Polizisten reinigen die Fingernägel und kratzen sich das borstige Kinn. Pater André hebt die Kaffeekanne, um einzuschenken, aber ich wehre ab. Nein, keinen Schluck brächte ich jetzt hinunter!

«Sehen Sie, Mademoiselle», sagt Pasquier und beißt in eine Brotschnitte, «ich hatte also doch recht mit meinem Eigensinn! Gleich wenn wir in Tamanrasset sind, geht ein Telegramm an die Botschaft ab und meldet den Erfolg unserer Unternehmung. Und dann machen wir unser Gepäck bereit, und Béchir kümmert sich um das Benzin. Ich will heute noch nach Algier aufbrechen.»

Er trinkt seinen Kaffee aus. Er hat sein Ziel erreicht und ist zufrieden. Was ich fühle und empfinde, ist nebensächlich.

Er wendet sich Pater André zu, der mit Brotschneiden beschäftigt ist.

«Es steht fest, die Kel Rela haben Mademoiselle anständig behandelt. Aber eine Klage wegen Kindesentführung sollte man trotzdem anhängig machen, damit sich derartige Fälle nicht wiederholen.»

«Einen Prozeß einleiten, wegen eines Vergehens, das schon vierzehn Jahre zurückliegt?» fragt Pater André lächelnd. «In Europa vielleicht, aber doch nicht hier! Man würde Ihnen geradezu ins Gesicht lachen!»

Er wirft mir einen Blick des Einverständnisses zu, aber ich rühre mich nicht. Eine Fliege umsummt mein Gesicht und setzt sich schließlich auf eines meiner Augenlider. Ich zucke kaum mit den Wimpern.

«Gut also, dann können wir wohl aufbrechen», sagt Pasquier. Béchir schneuzt sich geräuschvoll. Die Polizisten schnallen sich die Leibriemen um. Wir verabschieden uns.

Pater André blickt mir in die Augen:

«Viel Glück, Elisabeth», sagte er. «Gott behüte Sie.»

Er streckt mir die Hand hin. Nach kurzem Zögern berühre ich sie verstohlen mit den Fingerspitzen und wende mich dann ab. Hinter Pasquier und Béchir steige ich den schuttbedeckten Hang hinab. Hoch aufgerichtet vor der Steinumfriedung steht Pater André und folgt uns mit seinen Blicken.

Weiter geht es hinab. Unter den Stiefeln der Polizisten lösen sich Steine und rollen zu Tal. Einmal stolpere ich, und Béchirs Hand umklammert meinen Arm. Unsere Augen begegnen sich, er senkt den Kopf. Fast könnte man meinen, er schäme sich. Aber warum und vor wem? Was kümmert's mich! Ich denke an Chenani, und ich vermeine seine Nähe selbst in der Luft zu spüren, die ich atme.

Wir kommen schließlich beim Wagen an. Béchir setzt sich ans Steuer. Pfeifend legt Pasquier seine Strickweste ab und lockert die Krawatte.

«Wird wieder warm, nicht wahr?»

Niemand antwortet. Wir fahren los, und das Auto nimmt die enge Piste, die zwischen grell beleuchteten Felsklippen auf- und abführt. Hier also sind meine wirklichen Eltern gestorben... Irgendwo in dieser Gegend liegt ihr Grab, und ich habe nichts davon gewußt. Jetzt, da man von ihnen gesprochen hat, versuche ich, mir trotz allem vorzustellen, wie sie ausgesehen haben mögen, mir ihr Gesicht, ihre Gestalt ins Gedächtnis zu rufen. Aber es gelingt mir nicht! Unmöglich, den dichten Schleier zu lüften, der über meiner Erinnerung liegt. Mitunter tauchen Bruchstücke aus dem Unterbewußtsein auf, ohne klaren Zusammenhang: Ein weißes Haus, wie man viele in Algier sieht, ein Baum, eine Frau im blauen Kleid... Und manchmal ertönt das Lachen eines Mannes, geräuschvoll-abgehackt. Aber all das ist weit weit weg... Wirbelnde Bildfetzen zwischen Traum und Wirklichkeit... vor allem jenes geflügelte Tier aus Stein, dessen Gestalt mich so oft während der vergangenen Jahre in meinen Träumen verfolgte. Ja, ich bin Elisabeth, das heißt, ich war Elisabeth... Aber das alles ist zu fern, als daß es mich noch heute berühren könnte. Jetzt bin ich Mariemma. Hier im Hoggar ist mein Herz. Chenani, ich brauche dich, dein Leben will ich teilen, selbst wenn...

Ein schwerer Stoß erschüttert den Wagen. Wir werden nach vorne geschleudert. Das Fahrzeug hält mit kreischenden Bremsen. Aufgetürmte Steine hindern uns am Weiterfahren.

«Welcher Idiot hat die Piste blockiert?» schreit Pasquier. Auch Béchir flucht wütend zwischen den Zähnen.

Auf arabisch wechselt er einige Worte mit den Polizisten. Sie springen vom Wagen, den Finger am Abzug des Gewehrs. Pasquier gesellt sich zu ihnen und knurrt unfreundlich:

«Worauf warten Sie eigentlich? Wollen Sie den Weg nicht freimachen?»

Er ist blaß. Schweiß rinnt ihm in den Nacken. Mit

Béchirs Hilfe mühen sich die Polizisten fluchend und keuchend mit dem Wegräumen der Steinblöcke ab. Pasquier nagt an den Lippen und späht in die Gegend.

Plötzlich bricht, etwa fünfzig Meter weiter vorne, ein Mehari zwischen den Felsen hervor. Mit elastischweichem Schritt trabt es heran, man könnte meinen, es tanze über den sonnenbestrahlten Felsboden. Ich sehe die hochaufragende Gestalt Chenanis, seinen Schleier und den Schesch. Mit einem Druck des Fußes läßt er sein Reittier angaloppieren. Ein wilder, schneidender Schrei, und er reißt den Säbel aus der Scheide. Mit gezückter Klinge stürzt er sich auf uns; Sonnenlicht spiegelt sich im Stahl und läßt die Waffe wie eine Fackel aufflammen.

Ich springe mit einem Satz aus dem Wagen und rufe:

«Nein, Chenani, nein!»

Aber er hört mich nicht, er will mich nicht hören. Die Polizisten stehen mit den Gewehren im Anschlag, man hört Pasquiers angsterfüllte Stimme:

«Schießt doch, so schießt doch endlich!»

Nun ist Chenani ganz nahe herangekommen, seine Gandura flattert im Wind. Die Spitze seines Säbels blitzt im hellen Licht...

Mit zwei Sätzen hat Pasquier den am nächsten stehenden Polizisten erreicht. Er entreißt ihm die Waffe, legt an und gibt Feuer. Der Widerhall des Schusses peitscht durch die sonnenhellen Felsklippen. Ein bebender Schrei steigt zum Himmel auf und verstummt jäh. Schreckerfüllt und verstört bemerke ich, daß ich es war, die ihn ausstieß.

Chenani ist im Sattel leicht zusammengesunken. Seine

Hand öffnet sich und läßt kraftlos den Säbel fallen. Er schwankt und sinkt zu Boden, gerade vor unsere Füße, während das Mehari mit aufgerecktem Hals davonrast und den leeren Sattel mit sich fortträgt.

Noch ganz benommen starre ich auf Chenani, der ausgestreckt im Geröll liegt. Ich sehe, wie er sich zusammenkrümmt, wie seine Hand sich durch den Sand tastet und die Waffe zu erreichen sucht. Und ich sehe, wie Blut über sein Handgelenk, seine Finger rinnt.

«... Hätte ich nicht als erster reagiert», stammelt Pasquier, «er hätte mir seinen Säbel in den Leib gestoßen!»

Jetzt zu Chenani hinstürzen... Ich nehme ihn an den Schultern und drehe ihn sanft zu mir. Seine Augen sind vor Schmerz verdunkelt. Er flüstert:

«Ich habe verloren. Verzeih, Mariemma... !»

«Nicht reden jetzt», sage ich mit tonloser Stimme. «Sprich nicht! Spar deine Kräfte! Ich will dich pflegen. Du wirst gesund, und...»

Chenani atmet mühsam. Schmerz zeichnet Stirn und Brauen. Fieberhaft schlage ich seine Gandura auseinander, knöpfe das Hemd auf. Genau unter der Achselhöhle zeigt sich die Wunde. In feinen Fäden sickert Blut hervor und durchtränkt den weißen Stoff. – Eine Hand legt sich auf meine Schulter, ich blicke in Béchirs Gesicht, das grau ist vor Erregung.

«Allah steh uns bei!» stammelt er. «Den hat's übel erwischt!»

Er will mich wegziehen, aber ich klammere mich mit solcher Kraft an Chenani fest, daß meine Nägel sich in seine Haut eingraben. Nie mehr soll man mich von ihm trennen! Ich presse mein Gesicht gegen seine Brust und spüre auf den Lippen den lauen Geschmack des Blutes.

«Die Takuba...», sagt Chenani und atmet schwer.

Ich strecke den Arm aus, ergreife den Säbel, den er nicht erreichen konnte, und stoße ihn in die Scheide an Chenanis Gürtel. Seine Hand krampft sich um den kupfernen Griff. Er seufzt auf und schließt die Augen. Seine Finger gleiten vom Griff ab, ich fühle seinen Körper schwer werden. In einen seiner Augenwinkel setzt sich eine Fliege. Ich verjage sie mit der Hand.

«Es tut mir leid», sagt Pasquier mit kläglicher Stimme. «Wirklich, ein dummer Unfall.»

Ich bewege mich nicht. Eng an Chenani geschmiegt, achte ich auf seine schwachen, unbestimmten Atemzüge, und mir ist, als folgten meine eigenen Herzschläge dem gedrängten Takt dieses Atmens. Pasquiers Stimme tönt nun fast bittend:

«Mademoiselle, wir dürfen nicht länger warten. Wir müssen nach Tamanrasset, zur Krankenstation...»

Langsam hebe ich den Kopf. Pasquiers Gesicht ist unruhig, sein Hemd klebt am schweißnassen Rücken. Ich starre ihn an. Er wendet die Augen ab, öffnet und schließt die feuchten Hände und wiederholt mechanisch:

«Entschuldigen Sie, es tut mir leid...!»

Béchir schüttelt den dicken Kopf und hebt beschwörend die Hände.

«Herr Pasquier hat recht», sagt er mit sorgenvoller Miene. «Wenn Sie wollen, daß Ihr Freund am Leben bleibt, dann müssen wir sofort aufbrechen!»

Er schiebt seine Hände unter Chenanis Schultern und

versucht, ihn aufzuheben. Dieses Mal lasse ich ihn gewähren. Mit Hilfe der Polizisten trägt er den Körper zum Wagen. Ich begleite die Männer. Ich kann nichts mehr denken, nichts mehr empfinden. Nur ein heftiges Durstgefühl macht sich bemerkbar. Béchir legt Chenani auf die hintere Bank, und ich setze mich neben ihn, ohne daß jemand ein Wort dagegen einwendet. Blut ist auf dem Rücksitz, an meinen Händen, meinem Schleier. Einer der Polizisten, der jüngere, klettert zu mir hinauf und brummelt verlegen: «Geht es so?» Sein Kamerad hat inzwischen die Piste freigelegt und setzt sich zu Pasquier und Béchir nach vorne. Wir starten. Der Land-Rover schwankt und bebt; ich spüre die Unebenheiten der Piste bis in alle Fasern meines Körpers. Ich stütze Chenani und versuche, ihn so gut wie möglich vor Stößen zu bewahren. Ich möchte mir einreden, alles sei nur ein böser Alptraum. Aber da ist die Glut der Sonne, der Wind voll Sand, und da ist das klebrige Blut an meinen Händen...

18. KAPITEL

Die Sonne scheint für immer im Scheitelpunkt ihres Laufes stehen zu bleiben. Der weißliche Himmel glänzt wie Metall. Bergwände flimmern am Horizont. Hitze und Staub überziehen die Häuser und das Laub der Ethelbäume mit Aschenfarbe. Unter einem Vorbau schläft ein Schwarzer, in Lumpen gehüllt, von Fliegen umschwärmt. Musikfetzen dringen aus einer Kneipe, in der Soldaten um einen Tisch sitzen.

Am anderen Ende von Tamanrasset hält der Wagen in einer staubigen Straße. Eine rote Lehmziegelmauer umgibt die Krankenstation. Pasquier steigt aus dem Wagen und trommelt ans Tor. Ein langer Augenblick vergeht. Ich habe Durst, mein Mund ist völlig ausgetrocknet. Chenani rührt sich nicht, sein Kopf pendelt hin und her. Wenn ich nicht mit den Fingern seine schwachen Herzschläge spürte, könnte ich glauben, er sei tot.

Endlich öffnet sich die Tür. Eine Schwester erscheint. Es ist eine kleine, magere Frau mit glattem Gesicht, das kein Alter erkennen läßt. Die grauen, wimperlosen Augen ruhen fragend auf Pasquier. Doch dann erblickt sie Chenani und fährt erschrocken mit der Hand zum Mund.

«Ein Unfall!» stottert Pasquier überstürzt. «Der Bursche da hat mich angegriffen. Leider mußte ich von der Schußwaffe Gebrauch machen... es war Notwehr, ich kann's beweisen. Ich habe Zeugen...!»

«Kommen Sie», sagt die Schwester.

Béchir und Pasquier heben Chenani auf und tragen ihn hinein. Wir durchqueren einen sandigen Hof, in dem Wäsche zum Trocknen aufgehängt ist. Dann umfängt uns Halbdunkel und Stille. Meine Sandalen gleiten über glatte Steinfliesen. Irgendwo klingt das Wimmern eines Kindes auf, dazu eine zarte, klagende Frauenstimme...

Die Schwester führt uns in ein weißgekalktes Zimmer. Ein Eisenbett steht darin, mit einem sauberen Laken bedeckt. Die Schwester bedeutet den Männern, sie sollen Chenani hinlegen, und dann streift sie sein blutbeflecktes Hemd zur Seite.

«Ich will sehen, ob der Arzt kommen kann», sagt sie.

Sie verläßt das Zimmer. Die Männer warten. Pasquier trocknet sich die Stirn. Die Polizisten fingern an ihren Patronentaschen. Den Rücken an die Wand gelehnt, starre ich auf den Boden. Ich bin sehr ruhig, seltsam ruhig. Aber der Durst quält mich.

Ein Schlurfen von Sandalen. Der Arzt tritt ein. Ein Europäer mit bläulich-unrasiertem Kinn. Er trägt einen fleckigen, weißen Mantel und wischt sich die Finger an einem Taschentuch ab. Er nähert sich wortlos Chenani, um die Wunde zu untersuchen.

«Die Kugel muß heraus!» sagt er zur Schwester.

Sie verläßt das Zimmer. Pasquier hustet und befeuchtet die Lippen mit der Zunge.

«Etwas zu fragen?» wirft der Arzt mürrisch hin.

«Glauben Sie, daß er... daß er davonkommt?» fragt Pasquier. «Ich bin zwar nicht verantwortlich, aber schließlich hat man so etwas wie ein Gewissen...»

Der Arzt mustert ihn mit seinen glänzenden Augen und antwortet achselzuckend:

«Die halten schon was aus, diese Wüstensöhne!»

Erleichtert atmet Pasquier auf. Er sucht nervös seine Zigaretten und bietet dem Arzt eine an. Der dreht sie zwischen den vom Nikotin gelben Fingerspitzen hin und her. «Also, erzählen Sie schon! Was ist passiert?» brummt er.

Pasquier, der diese Frage nicht erwartet hat, verheddert sich in einer Flut von Worten. Der Arzt raucht mit gleichgültiger Miene. Seine Augen wandern zu mir hin (aber ich habe den Schleier vor das Gesicht gelegt), dann zu Chenani und endlich zu Pasquier. Manchmal schnaubt er, hustet und wischt sich den Mund mit dem Handrücken.

«Dumme Geschichte!» sagt er endlich. «Für den da, möchte ich sagen.» Er deutet mit dem Kopf zu Chenani hin. «Wenn der Bursche überhaupt hier lebend herauskommt, dann kostet ihn das ein paar Monate.»

Er hustete. «Für einen Targui von der vornehmen Sorte ist das der Gipfel der Entehrung!»

Er betrachtet mich noch immer. Ich presse die Hand auf den Mund, um nicht laut zu schreien.

Die Schwester kommt geräuschlos zurück. Sie trägt eine Waschschüssel und ein Tablett mit Instrumenten. Der Arzt drückt seine Zigarette am Schuhabsatz aus, entkorkt eine Flasche mit desinfizierender Flüssigkeit und reibt sich damit die Hände ein. Noch immer ohne ein Wort zu sprechen, zieht die Schwester Chenani das Hemd aus. Sie löst den Gürtel und lehnt die Takuba gegen die Wand. Dann beginnt sie, sorgfältig und geschickt die Wunde auszuwaschen. Ich verliere keine ihrer Bewegungen aus den Augen. Unsere Blicke kreuzen sich, sie lächelt. Ihre Augen sind gut und freundlich.

«Alles wird gut gehen», versichert sie.

Der Arzt nähert sich Chenani und fühlt ihm den Puls.

«Der ist jetzt noch für eine Zeitlang bewußtlos. Die Spritze können wir uns sparen...»

«Aber...», will die Schwester einwenden.

«Schwester Claire», fällt ihr der Arzt ins Wort, «unsere Betäubungsmittel sind knapp.»

Die Schwester neigt den Kopf und sagt nichts mehr.

Über Chenani gebeugt, macht sich der Arzt an die Arbeit. Schwester Claire reicht ihm die Instrumente. Niemand spricht ein Wort. In eiskalten Rinnsalen rieselt mir Schweiß über den Rücken. Plötzlich stöhnt Chenani auf und bewegt sich.

«He da, langsam!» brummt der Arzt. «Kein günstiger Moment jetzt zum Aufwachen!»

Endlich richtet er sich auf und wendet sich um. Zufrieden lächelnd hält er mit der Pinzette die Kugel in die Höhe.

«So, die hätten wir! Jetzt sind Sie dran, Schwester Claire!»

Die Schwester stillt das rinnende Blut mit einem Wattetupfer. Ich bewege meine steifgewordenen Schultern. Ich habe keinen Speichel mehr, es ist, als sei mein Mund voll Sand. Die Schwester legt nun mit geschickten Bewegungen einen Verband um die Wunde. Sie blickt mich an und sagt:

«Er wird sicher wieder gesund!»

Ich senke die Augen. Mit einem Mal beginne ich zu zittern und mit den Zähnen zu klappern. Übelkeit steigt in mir auf, ich spüre einen bitteren Geschmack im Mund.

Unterdessen wäscht sich der Arzt mit viel Geräusch die Hände. Er wendet sich an Pasquier:

«Hätten Sie wohl noch eine Zigarette?»

Mit weichen Knien richte ich mich auf. Chenani ist bleich, sein Gesicht ist eingefallen, die Lippen blutleer. Noch nie habe ich ihn so gesehen. Ich fahre über seine leblosen, eiskalten Hände. Sicher friert er! Jemand berührt meinen Arm.

«Trinken Sie», sagt Schwester Claire und reicht mir ein Glas mit einer gelben Flüssigkeit. Ich ergreife es mechanisch und leere es in einem Zug. Das Getränk ist bitter und stark. Wohltuende Wärme erfüllt mich. Ich fühle mich besser.

«Es gibt kein Spital hier, deshalb behalten wir bestimmte Patienten in der Krankenstation», erklärt der Arzt und zieht an seiner Zigarette. «Der Targui kann die Nacht über hier bleiben. Ich gebe ihm Antibiotika gegen eine Infektion. Im allgemeinen sind diese Leute hier schnell wieder auf dem Damm. Morgen kann man weiter sehen...»

Er zieht die Takuba aus der Scheide, prüft mit dem Daumen die Schärfe der Schneide und sagt zu Pasquier:

«Geschliffen der Säbel! Und kein Bluff: Die Brüder können damit umgehen. Kein Wunder, daß Ihnen nicht ganz wohl war in Ihrer Haut!»

Aber Pasquier scheint Spaß jetzt nicht zu schätzen. Er sagt ungeduldig:

«Dann also vielen Dank für Ihre Hilfe, Herr Doktor! Ich denke, wir können jetzt gehen. Kommen Sie!» fügt er zu mir gewandt bei.

Starr vor Verzweiflung und kraftlos vor Empörung flüstere ich:

«Ich will hier bleiben.»

«Kommt nicht in Frage!» erwidert Pasquier. «Sie und Ihr sauberer Freund würden die erste Gelegenheit zur Flucht benützen! Nein, jetzt lasse ich Sie nicht mehr so schnell los! Also, kommen Sie endlich...!»

Ich bewege die Lippen, aber ich bringe kein Wort hervor. Bestürzt schaue ich auf Chenani. Mir ist, als sähe ich die bleichen Schatten des Todes auf seinem Gesicht.

Zärtlich faßt Schwester Claire meinen Arm.

«Sie brauchen nichts zu befürchten», sagt sie. «Ich sorge für ihn; er wird gut gepflegt.»

Ihr Lächeln flößt Vertrauen ein. Sie redet mir mit sanfter Stimme zu und führt mich dabei aus dem Zimmer. Ich leiste keinen Widerstand.

Im Land-Rover finde ich mich wieder, allein mit Pasquier und Béchir. Die Polizisten haben uns vor der Unterpräfektur verlassen, um dort Rapport zu erstatten. Schon läßt die Hitze nach. In den Straßen treibt die Sonnenhelle mit den Schattenflecken des Laubes ihr Spiel. Menschen gehen in gemächlichem Schritt auf und ab. Vor halbdunklen Buden sitzen weißgekleidete Händler. Buben mit kahlgeschorenen Köpfen, die Schulmappe unter dem Arm, rufen sich mit hellen Stimmen. Unter einer Wolke von Fliegen schnaubt ein Esel. Vom Markt her dringt das Schreien der Kamele.

Vor dem Tor des Hotels hält der Land-Rover. Pasquier hebt sich mit einem Seufzer der Erleichterung vom Sitz und klettert aus dem Wagen.

«Jetzt eine Dusche, so schnell wie möglich! Und ich gäbe viel Geld für ein gutgekühltes Bier! Béchir, fahren Sie den Wagen in die Garage und lassen Sie den Motor nachsehen. Morgen früh geht's weiter!»

«Schon gut, Herr», sagt Béchir unbewegt.

Pasquier mustert mich. Ich rühre mich nicht von der Stelle.

«Worauf warten Sie?»

Stumm erhebe ich mich und folge ihm. Ich gehe, als hätte ich nie gehen gelernt, als sei ich an Bindfäden aufgehängt wie eine Puppe. Meine Hände sind feucht. Im Kopf fühle ich nur noch eine große Leere...

Im Innenhof des Hotels spielen zwei Männer in Shorts Tischfußball. Eine Frau mit Lockenwicklern schreibt Ansichtskarten. Der Boy in weißer Jacke stolpert die Treppe hinauf, er balanciert gelangweilt ein Tablett mit Gläsern und eine Flasche Mineralwasser. Auf den Treppenstufen sitzt ein Mädchen, die Beine lang ausgestreckt, die Hände in den Taschen. Es trägt eine schwarze Hose und ein weißes Hemd mit aufgerollten Ärmeln. Seine Sandalen sind weiß vom Sandstaub. Auf seiner Brust schimmert ein schweres Silberhalsband, mit blauen Perlen verziert.

«Grüß dich, Mariemma. Guten Tag, Herr Pasquier», sagt Stephanie und lacht übers ganze Gesicht. «Ich habe auf euch gewartet...»

19. KAPITEL

Stephanie erhebt sich und tritt zu uns. Ihre Hosenbeine schlottern um die braunen Knöchel. Die glatten, straffen Haare glänzen in der Sonne. Pasquier ist mit hängenden Armen stehengeblieben.

«Was tun denn Sie hier?» stammelt er.

«Sehr einfach», erwidert Stephanie. «Ich konnte meine Eltern nicht davon überzeugen, daß sie mich in den

Hoggar reisen lassen, und da habe ich einfach den Koffer gepackt und das nächste Flugzeug genommen...»

«Ohne Ihren Eltern etwas zu sagen?»

«Ein Telegrammwechsel hat bereits alles wieder in Ordnung gebracht», antwortet Stephanie seelenruhig. «Mein Vater möchte natürlich, daß ich mit Ihnen nach Algier zurückkomme, obwohl...»

Eine Handbewegung beendet den Satz. Unsere Blicke kreuzen sich, und plötzlich verschwindet Stephanies Lächeln.

«Mariemma, was hast du?»

Pasquier läßt mir keine Zeit für eine Antwort. Er explodiert förmlich vor Wut:

«Diese junge Dame hat mir schöne Scherereien bereitet! Ihr sauberer Freund wollte mich umbringen. Ich mußte ihn mit einem Schuß davon abhalten. Man hat ihn zur Krankenstation gebracht. Hoffentlich kommt er mit dem Leben davon!»

Stephanie runzelt die Stirn. Ihre Brauen vereinigen sich über der Nasenwurzel zu einem bebenden Strich.

«Das hoffe ich auch... für Sie!» sagt sie spöttisch.

«Komm, Mariemma!»

«Tut mir leid!» fährt Pasquier dazwischen, «wenn Sie mit Mademoiselle Elisabeth reden wollen» – er betont den Namen nachdrücklich – «so warten Sie bitte bis morgen. Heute abend wird sie eingesperrt. Ich habe genug von all den Umtrieben mit ihr. Und überhaupt, wenn Ihre Eltern ein wenig besser Bescheid wüßten über diese Person, dann würden sie Ihnen den Umgang mit ihr verbieten.»

Stephanies Augen blitzen kampflustig:

«Meine Eltern stellen mir frei, Freundschaften zu schließen, mit wem ich will, Herr Pasquier! Sie gehören weder zu unserer Familie noch zu unseren Freunden, ich sehe überhaupt nicht, was Sie dies angehen könnte!»

«Nun, ich glaube kaum, daß Ihr Vater, der Herr Botschafter, mit Ihrem Benehmen hier einverstanden wäre», erwidert Pasquier. «Ich fühle mich für Sie verantwortlich; schließlich sind Sie minderjährig und haben ohne Erlaubnis der Eltern Ihren Wohnsitz verlassen. Sie kommen morgen mit uns nach Algier zurück. Bis dahin bitte ich Sie, in Ihrem Hotelzimmer zu bleiben. Tamanrasset ist kein Ort für junge Mädchen ohne Begleitung.»

Stephanie hebt das Kinn und lacht verächtlich.

«Meinen Sie wirklich, ich gehorche Ihnen?»

Sie berührt hastig meine Schulter und flüstert:

«Auf bald, Mariemma!»

Dann kehrt sie uns kurz entschlossen den Rücken zu, geht mit ruhigem Schritt zum Tor, und ohne sich noch einmal umzuwenden, entfernt sie sich zum Markt hin.

«Und so etwas ist die Tochter eines Botschafters!» preßt Pasquier zwischen den Zähnen hervor.

Er zieht mich zur Treppe; ich wanke hinter ihm her, zu schwach, um irgendetwas zu denken oder zu sagen. Wir betreten das Hotel. Wieder der grün gestrichene Korridor, wieder die verstaubten Glühbirnen, die von der Decke herabbaumeln. Der Boy am Empfang lächelt und reicht Pasquier den Schlüssel. Der führt mich vor eines der Zimmer, öffnet es und stößt mich hinein. Ich bleibe mitten im Raum stehen und rühre mich nicht.

«Und jetzt verhalten Sie sich ruhig!» knurrt Pasquier. «Ich möchte keine Geschichten bis morgen früh! Béchir bringt Ihnen das Essen.»

Die Tür fällt ins Schloß. Ich schleppe mich zum Waschbecken, drehe den Hahn auf und trinke keuchend das laue Leitungswasser in mich hinein. Außer Atem richte ich mich schließlich auf und betrachte mein Gesicht im Spiegel. Schwankend wende ich mich ab und lasse mich auf den Teppich fallen. Meine Finger krallen sich in das alte, abgenützte Gewebe. «Chenani, Chenani», denke ich immer wieder, und dann auch: «Stephanie, oh Stephanie!» In meinem Kopf verwirren sich die beiden Namen. Mir ist, als sei ein Teil meiner selbst von mir abgelöst und schwebe hinweg, in immer weitere Fernen. Aber so heftig und bitter auch der Schmerz sein mag, den ich empfinde, die Müdigkeit löscht schließlich alles aus. Um mich ist nur noch Dunkelheit und Stille...

Leise dreht sich der Schlüssel im Schloß. Ich fahre aus dem Schlaf auf. Es ist Nacht. Die Tür öffnet sich, ein Lichtstrahl fällt ins Zimmer. Vorsichtig nähert sich eine schattenhafte Gestalt.

«Schläfst du, Mariemma?» flüstert eine Stimme.

Ich richte mich auf und erkenne Stephanie, die lachend einen Schlüssel hochhält.

«Ich habe den Boy bestochen», flüstert sie begeistert. «Er hat mir den zweiten Schlüssel gegeben. Pasquier und Béchir sind in der Kneipe und erholen sich von ihren Aufregungen.»

Ich schaue Stephanie an und sehe das Silberhalsband auf ihrer Brust. In ihren Augen steht das bekannte Lächeln, voll sanftem Spott.

Ich lege meine Stirn an ihre Schulter:

«Hilf mir, Stephanie! Bitte hilf mir!»

Mit ihrer frischen, ruhigen Stimme antwortet Stephanie:

«Deswegen bin ich gekommen, Mariemma. Ich habe dir doch gesagt, daß ich's spüre, wenn du mich brauchst. Frag nicht, wie und warum; ich könnte dir's nicht erklären. Ich mußte einfach zu dir!»

In meinen Haaren spüre ich den Hauch ihres Atems.

«Ich hatte ein wenig Taschengeld. Gerade genug für das Flugzeug. Den Eltern habe ich einen Brief hinterlassen und bin dann abgereist. Seit zwei Tagen warte ich hier auf euch...»

Ihre Hand tastet nach der meinen.

«Komm jetzt, wir haben nicht viel Zeit!»

Wir verlassen das Zimmer. Stephanie dreht den Schlüssel im Schloß. Mit raschen, geräuschlosen Schritten geht sie vor mir her. Der Boy lungert am Eingang herum und lacht, als Stephanie ihm den Schlüssel zuwirft. Sie legt den Finger an die Lippen, und der Boy nickt mit dem Kopf.

«Wenn's sein muß, schwört er bei seinen Ahnen, daß es keinen zweiten Schlüssel gibt», lacht Stephanie und geht die Treppe hinab. «Kein Mensch wird's ihm glauben, aber was macht das schon?»

Wind flüstert im Laub der Ethelbäume; über das wirre Blätterwerk gleitet das Mondlicht. Die reine, fließende Luft weckt meine Lebensgeister; ich atme freier. Stephanies Hand erfaßt die meine. Wir gehen durch das Tor, wir eilen auf die Straße, wo noch immer weißgewandete Gestalten auf- und abgehen. Stephanie führt mich auf dunklen Wegen zu einem kleinen Platz, wo aus der Werkstatt eines Schmiedes rötlicher Lichtschein dringt.

Außer Atem verlangsame ich den Schritt.

«Pasquier wird leicht erraten, daß du mir die Tür aufgeschlossen hast... Was sagst du ihm?»

Stephanie streicht eine Haarsträhne aus der Stirn und lacht sorglos.

«Das weiß ich jetzt noch nicht. Ich laß' mir später etwas einfallen.»

Sie lehnt sich gegen eine Lehmwand, die noch warm ist von der Hitze. Der Schmied kauert vor seinem Feuerloch und entfacht die Glut mit dem Blasebalg. Funken stieben.

«Seltsam!» flüstert Stephanie. «Noch nie bin ich länger im Hoggar gewesen, und doch fühle ich mich hier wie zu Hause. Selbst die Tuareg... wenn ich sie ansehe, wenden sie die Augen nicht ab, wie sie's bei anderen Touristen tun; sie geben mir den Blick zurück und lächeln. Kannst du das verstehen?»

«Sie spüren, daß du sie gern hast.»

«Gern haben...», flüstert Stephanie. «Wer das erklären könnte!»

«Das kann niemand erklären.»

Stephanie senkt den Kopf. Aber als sie wieder zu

sprechen beginnt, tönt aus ihrer Stimme die frühere Tatkraft.

«Und jetzt, sag mir, was geschehen soll, Mariemma!»

Mit einem Mal überfallen mich wieder Kopfschmerz und Müdigkeit. Ich presse die Finger gegen die Schläfen. Chenani ist verwundet, vielleicht liegt er im Sterben. Wir haben nichts mehr: kein Wasser, keine Lebensmittel! Wie sollen wir an Flucht denken?

Ich erkläre Stephanie alles. Schweigend, mit zusammengekniffenen Brauen hört sie mir zu.

«Wir finden einen Weg», sagt sie zuversichtlich. «Zuerst das Mehari. Wo kann man eines finden? Der Markt ist um diese Zeit schon geschlossen...»

«Es gibt den Lagerplatz der Iforas-Tuareg», sage ich. «Sie kommen aus dem Sudan. Sie würden uns sicher ein Tier verkaufen. Aber ich habe ja keinen Centime in der Tasche...»

«Ich auch nicht viel», seufzt Stephanie. «Fast alles Geld habe ich für die Flugkarte ausgegeben.»

Wir schauen uns hilflos an.

«Hast du nichts zu verkaufen?» bohrt Stephanie, «Schmuck zum Beispiel?»

«Nur die Ringe. Aber soviel sind die nicht wert.»

Gegen meinen Willen heften sich meine Augen auf den kostbaren Halsschmuck, der auf Stephanies Hemdbluse glitzert. Das Silber glänzt, wie fließendes Wasser schimmern die Perlen... Stephanie hat meinen Blick bemerkt, sie hebt triumphierend die Arme und legt das Halsband ab.

«Nimm es!» sagt sie. «Es hat ja immer dir gehört!»

Ich wehre ab. Ein Geschenk zurücknehmen!

«So nimm es doch!» beharrt Stephanie eigensinnig. «Du brauchst es! Nur so kannst du Pasquier entfliehen und Chenani vor dem Gefängnis bewahren.»

Willenlos öffne ich meine Hand und schließe sie wieder um die vertraute Silberscheibe, um die zarte Rundung der Perlen. Stephanie blickt mich an und lacht. Ich möchte ihr sagen, wie dankbar ich ihr bin, wie sehr ich ihre großmütige Geste schätze, aber alle Worte erscheinen mir jetzt sinnlos.

«Chenani», sage ich tonlos. «Wie komme ich zu ihm? Sicher lassen uns die Schwestern um diese Zeit nicht mehr in die Krankenstation hinein.»

Wieder blicken Stephanies Augen kampflustig.

«Bleib nur ruhig», sagt sie und hört nicht auf zu lachen. «Ich habe mir da schon einen Plan zurechtgelegt. Aber erst müssen wir das Mehari haben.»

Der weite Platz am Rande der Stadt scheint in der Dunkelheit öde und verlassen. Nur ein paar Meharis mit gefesselten Vorderbeinen bilden helle Punkte im Schwarz der Nacht. Irgendwo geistert am Boden ein gelbliches Licht. Wir gehen darauf zu. Iforas sitzen im Kreis um ein Kohlenbecken. Ein krausköpfiger Bub stochert in der Glut. Die Karawanenreiter unterhalten sich leise. Wie ein bleicher Schatten taucht plötzlich ein Hund auf, beschnuppert uns und verschwindet wieder, während der Schrei eines Mehari die Stille durchschneidet.

Einer der Männer erhebt sich und kommt mit langsamen Schritten auf uns zu. Er trägt eine schwarze Gandura und einen silberbeschlagenen Gürtel. Im blau verschleierten Gesicht leuchten wasserklare Augen. Ich halte den Zipfel meines Schleiers vor den Mund und grüße den Mann im Namen Allahs. Der Karawanenreiter antwortet mit gutturaler Stimme. Sein Blick gleitet über Stephanie hin, die ihm zulächelt. Der Mann senkt die Wimpern.

«Was wünschest du?» fragt er kurz, aber in höflichem Ton, denn er hat in mir ein Targuimädchen edler Abkunft erkannt.

«Ich möchte ein Mehari kaufen.»

Der Mann lacht:

«Jetzt, im Dunkel? Wer bürgt dir dafür, daß ich dir nicht ein krummbeiniges Tier anhänge?»

«Dein Wort», erwidere ich.

Da wendet er sich um und durchschreitet den Lichtkreis des Feuers. Ohne Hast tritt er zu den abseits angepflockten Meharis hin, bleibt bei einem Tier stehen und läßt es den Kopf heben. Das Mehari bewegt den zottigen Hals, brummt übellaunig auf und schreit dann laut durch die Nacht.

«Dem hier kannst du dich anvertrauen», sagt der Karawanenreiter, «es trägt dich sicher und gut.»

Ich trete näher. Aufmerksam beobachtet Stephanie jede meiner Bewegungen, während ich die Flanken des Meharis betaste, den Höcker befühle und die Augen untersuche. Der Targui hat mich nicht bestohlen: das Tier ist jung, kräftig und ausdauernd.

«Was willst du dafür haben?» frage ich.

Der Mann zuckt die Achseln und erwidert:

«Und du, was bietest du dafür?»

Ich öffne die Hand und zeige ihm wortlos den Halsschmuck. Der Karawanenreiter kann seine Überraschung kaum verbergen.

«Ein Ameruan!» ruft er aus.

Rasch ergreift er den Schmuck und prüft sein Gewicht mit der Hand. Seine beweglichen Finger betasten die Silberscheibe und drehen sie hin und her. Er hebt den Schleier vom Mund und beißt auf das Metall. Ich warte geduldig. Endlich deutet der Mann mit dem Kopf auf das Mehari:

«Es gehört dir», sagt er.

«Ich brauche noch einen Sattel», sage ich, «und Wasser, Zucker, Tee und Datteln.»

Gleichgültig schwenkt der Mann den Halsschmuck hin und her.

«Dann reicht das nicht», sagt er.

Ich habe weder Zeit noch Lust zu handeln, das weiß er.

«Und das da?» frage ich und lasse einen meiner Ringe vom Finger gleiten.

Der Mann nimmt den Ring und stopft ihn unbesehen in den Beutel, den er am Gürtel trägt. Er stöbert in den am Boden verstreuten Warenballen, zieht einen fettglänzenden, soliden Kamelsattel hervor und legt ihn mir vor die Füße. Während ich mit Stephanies Hilfe den Sattel auf den Kamelrücken hebe und die Gurten festschnalle, besorgt der Mann uns noch eine mit Wasser gefüllte Lederflasche und Lebensmittel.

«Allah sei dir Schutz auf der Reise!» sagt er unbewegt und sucht dann mit ruhigen Schritten seine Gefährten am Feuer wieder auf.

Ich schnalze mit der Zunge und ziehe den Zügel stramm. Das Mehari streckt seine Beine und richtet sich schwankend auf. Stephanie und ich wechseln triumphierende Blicke.

«Und jetzt», sagt Stephanie, «zur Krankenstation!»

Wir verlassen den Platz und durchqueren die Stadt. Das Mehari folgt willig, kaum daß man das regelmäßige Schlurfen seiner Schritte im Sand vernimmt. In Tamanrasset geht man zeitig schlafen, die Straßen sind wie ausgestorben. Am Himmel zittern die Sterne, der Bogen des Halbmondes leuchtet in eisigem Glanz, leichte Dunstschleier ziehen darüber hin.

Vor der Mauerumfriedung der Krankenstation flüstert Stephanie:

«Laß das Mehari niederkauern. Es braucht's nicht jeder gleich zu sehen!»

Ich gehorche, ohne zu überlegen oder Fragen zu stellen. Voll Vertrauen unterwerfe ich mich dem seltsam starken Willen dieses Mädchens. Während ich noch die Zügel anziehe, um das Kamel niederknien zu lassen, wühlt Stephanie in den Taschen ihrer Hose. Ein Klicken, und ich sehe im Halbdunkel eine Messerklinge blinken. Verständnislos starre ich auf Stephanie, die sich seelenruhig einen Ärmel ihrer Hemdbluse hochkrempelt. Dann streckt sie mir das Messer hin und sagt:

«Jetzt mach' mir einen ordentlichen Schnitt in den Arm, aber nicht so zimperlich! Blut muß fließen!»

Ich starre sie noch immer ungläubig an. Ist sie wahnsinnig geworden? Aber sie flüstert hastig:

«Das einzige Mittel, um unverdächtig in die Krankenstation hineinzukommen! Zieh dir den Schleier vor das Gesicht, dann erkennt dich niemand. Ich will die Schwestern ablenken, und unterdessen suchst du Chenani und schaust, daß ihr miteinander fliehen könnt.»

«Ja, aber...», will ich bestürzt einwenden. Eine ungeduldige Handbewegung schneidet mir das Wort ab.

«Keine Zeit jetzt für lange Reden! Jeden Augenblick kann Pasquier auftauchen. Los jetzt! Sonst tu ich's selbst!»

Ohne jeden eigenen Willen nehme ich jetzt das Messer in die Hand. Stephanie senkt den Kopf und wiederholt gebieterisch: «Los!» Unsere Blicke kreuzen sich, und wieder spüre ich jenen mächtigen Strom zarter und tiefer Freundschaft, die uns verbindet. Ich ergreife die Hand des Mädchens – eine glatte, warme Hand, die kaum zittert – und stoße die Messerspitze in die gespannte Haut des Vorderarmes. Die Klinge dringt ein, Blut quillt hervor. Stephanie beißt auf die Lippen, aber dann lächelt sie mir zu. Sie zieht ein Taschentuch hervor und wickelt es um die Wunde. Dann tritt sie vor das Tor der Krankenanstalt und betätigt den Türklopfer.

Minuten vergehen. Wir reden kein Wort. Stephanie tupft geistesabwesend das Blut auf, das aus dem Einschnitt hervorquillt. Ich betrachte ihr Gesicht, den stolzen, fast ein wenig herablassenden Zug um ihren Mund. Mein Herz strömt über vor Zärtlichkeit. Ich möchte sie Schwester nennen, ihr meine Heimat, den Hoggar, als Heimat schenken, Brot und Salz mit ihr teilen und sie Aufnahme finden lassen in meinem Volk. Aber wie soll ich ihr das alles erklären, jetzt, da tief in meinem Innern die Ahnung sich regt, alles sei vergebens? Chenani wird sterben, oder ist er gar schon tot? Die Wüste mit all ihrer Unermeßlichkeit ist dann nur noch ein großes Gefängnis, ein Käfig, gegen dessen Gitterwände ich überall und für alle Zeiten anrenne, ein unsichtbares Gitter der Einsamkeit...!

Schritte, und das Geräusch eines zurückgeschobenen Riegels. Die Tür öffnet sich knarrend. Eine Schwester erscheint im Türrahmen, die Petroleumlampe in der Hand. Es ist nicht Schwester Claire, ich sehe es an ihren viel gröberen, knochigeren Umrissen, und gegen meinen Willen stoße ich einen Seufzer der Erleichterung aus.

«Was gibt's?» fragt die Schwester und richtet den Lampenschein auf Stephanies Gesicht.

«Ich habe mich verletzt, am Arm», sagt sie und zwinkert geblendet mit den Augen.

Die Schwester senkt die Lampe, und Stephanie entfernt mit einer schmerzvollen Grimasse das blutige Taschentuch.

«Wie ist das geschehen?» fragt die Schwester und gibt uns den Eingang frei.

«Ein Unfall», erklärt Stephanie unbestimmt. «Bitte können Sie die Wunde desinfizieren?»

«Natürlich», sagt die Schwester, «kommen Sie mit!»

Sie ist eine kräftige Frau mit rauhen, aber gütigen Zügen. Mit energischem Schritt geht sie uns durch den Hof voran, führt uns ins Haus und sagt beim Eingang gewohnheitsmäßig: «Achtung, Stufe!» An einem von

Nachtfaltern umschwärmten Kabel hängt eine dicke Glühbirne von der Decke herab. Die riesenhaften Schattenbilder der Insekten geistern über die kahlen Wände. Mit einem Blick bedeutet mir Stephanie zurückzubleiben. Ich verlangsame den Schritt. Durch eine angelehnte Tür schaue ich in den Gemeinschaftskrankensaal. Man hört Schnarchen und Stöhnen. Irgendwo singt eine Stimme monoton vor sich hin, eine andere stößt klagende Seufzer aus. Mit Herzklopfen trete ich über die Schwelle. Ein Schwall verbrauchter Luft benimmt mir den Atem. Die Kranken, alles Männer, liegen auf Matratzen am Boden. Die meisten gehören zur Klasse der Harratin. Ein alter Mann spuckt in einen Lappen, seine Brust wird von trockenem Husten erschüttert. Ein anderer liegt unbeweglich und starrt zur Decke; weißliche Haut überspannt seine Augäpfel. Ein Junge mit verbundenem Bein stöhnt auf und starrt mich aus fieberglänzenden Augen an, während ich zwischen den Lagern dahineile. In meiner Verwirrung stoße ich einen Blechbecher um, der neben einem Wassereimer am Boden steht. Lärmendes Geklapper! Zu Tode erschrocken, halte ich den Atem an. Sekunden vergehen, endlos; niemand kommt. Ich finde mein kaltes Blut wieder und gehe weiter, Schritt für Schritt... Da ist Chenani, er liegt ganz nah bei der Wand und schläft. In langsam-regelmäßigen Atemzügen hebt und senkt sich seine Brust. Sein Gesicht scheint ruhig und entspannt... Ich berühre seine Stirn, seine Hand, sie sind fiebrig heiß. Leise rufe ich ihn an:

«Chenani...!»

Er rührt sich nicht. Sicher hat man ihm ein Schlafmittel gegeben. Ich nehme ihn am Arm und schüttle ihn. Jetzt bewegt er sich und öffnet halb die Lider. Sein unbestimmter, glänzender Blick heftet sich an die Decke und fällt dann auf mich. Er erkennt mich, will sich instinktiv aufrichten und sinkt mit schmerzverzogenem Gesicht wieder zurück.

«Mariemma...?»

«Komm!» flüstere ich, «komm schnell! Wir müssen fort!»

«Fort?» wiederholt Chenani. «Wohin denn?»

Meine starren Finger tasten über sein Gesicht und berühren seine Schulter.

«Komm, du kannst hier nicht bleiben, man steckt dich ins Gefängnis! Wir müssen fort, zurück in die Wüste! Diese Nacht noch!»

Er runzelt die Stirn und bemüht sich, wieder klar denken zu können.

«Hast du entfliehen können?» flüstert er.

Ich schüttle den Kopf.

«Ich erkläre dir alles später! Kannst du aufstehen, ein Mehari reiten?»

«Ich glaube schon», murmelt Chenani. Er fährt mit der Hand über die Stirn.

«Ich bin völlig steif und gefühllos.»

«Du hast viel Blut verloren. Komm jetzt, versuch aufzustehen!»

Seine Finger tasten nach dem Schesch. Ich helfe ihm beim Anlegen und ziehe ihm auch den Schleier über das Gesicht. Chenanis Bewegungen sind langsam und ungeschickt. Er atmet mühsam. Inzwischen sind die anderen

Kranken erwacht. Einige beobachten uns, auf die Ellbogen gestützt. Niemand spricht. Ich lege meinen Arm um Chenanis Schultern. Mühsam richtet er sich auf und zeigt auf einen Gegenstand am Boden. Es ist die Takuba, die man neben die Matratze gelegt hat. Schnell nehme ich die Waffe und befestige sie mit zitternden Händen an seinem Gürtel. Chenani steht wankend aufrecht; ich stemme mich mit aller Kraft gegen ihn.

«Kannst du gehen?» frage ich atemlos.

Er antwortet mit einem Kopfnicken. Schritt für Schritt kommen wir zwischen den Krankenlagern vorwärts und sind schließlich beim Ausgang. Chenanis Schritt, erst schwach und zögernd, wird immer fester und entschlossener. Er holt tief Luft und versucht, regelmäßig zu atmen. Im leeren Korridor tanzen die Insekten. Wir erreichen den vom Mondlicht überfluteten Hof. Chenani bleibt stehen und führt die Hand an die Wunde. Verblüfft betrachtet er seine blutverschmierten Finger. Auf der Gandura breitet sich rasch ein dunkler Fleck aus... Erschrokken presse ich die Lippen zusammen.

«Es ist nichts...», murmelt Chenani. «Mach dir keine Sorgen!»

Wir gehen weiter. Schon sind wir am Tor. Meine Finger finden den Riegel und stoßen ihn zurück. Noch ein Schritt, und noch einer... Chenani lehnt sich gegen die Mauer, die Hand auf den Mund gepreßt, um einen Hustenanfall zurückzuhalten. Auf seinem Schleier werden Blutspuren sichtbar.

«Das Mehari... wo ist es?» flüstert er.

Seine Stimme ist heiser. Mit der Hand weise ich auf

das Kamel, das sich als heller Fleck am Ende der Straße vom dunklen Hintergrund abhebt. Dabei zittere ich so stark, daß meine Zähne aufeinanderschlagen. Chenani schleppt sich mit schwerfälligen Schritten an der Mauer entlang, manchmal bleibt er stehen und hustet. Der dunkle Fleck auf der Gandura wird größer. Ich will mich beherrschen, nicht hinsehen, nicht daran denken, und doch kehren meine Augen immer wieder, wie gebannt, dorthin zurück, wo unter dem Verband Chenanis Leben mit jedem Blutstropfen langsam verströmt...

Stimmen ertönen. Eine Tür schlägt zu. Wir pressen uns dicht an die Mauer. Im Schatten der Nacht tauchen die Umrisse einer menschlichen Gestalt auf. «Mariemma, wo bist du?» ruft Stephanie vorsichtig.

Ich trete aus dem Schatten heraus. Außer Atem eilt Stephanie herbei und knöpft sich im Laufen den Ärmel zu. Sie ruft triumphierend:

«Alles ist gut gegangen! Das nenne ich Glück!»

Chenani hat sich nicht gerührt. Ich streichle sanft seine Hand.

«Chenani, das ist Stephanie, meine Freundin. Ohne sie hätte ich dich nicht befreien können.»

Stephanie lächelt, und ihre lebendigen, freundlichen Augen suchen Chenanis Blick. Der bewahrt nur mühsam seine aufrechte Haltung und sagt leise und voll tiefer Empfindung: «Hab Dank!»

Ein neuer Hustenanfall. Chenanis Zähne graben sich durch den Stoff des Schleiers in die geballte Faust. Stephanie lächelt nicht mehr. Bestürzung und Entsetzen malen sich auf ihrem Gesicht. Tonlos sagt sie:

«Sie... Sie können nicht fortreiten!»

«Wir reiten», sagt Chenani kurz.

Stephanies Augen werden flackernd hell. «Sie setzen Ihr Leben aufs Spiel», stammelt sie.

«Das hat nichts zu bedeuten», sagt Chenani.

Mit unsicheren Schritten erreicht er das Mehari, prüft den Sattelgurt mit mechanischer Bewegung und hebt sich in den Sattel, wo er unbeweglich, in sich zusammengesunken verharrt. Stephanie nimmt meinen Arm.

«Du darfst ihn so nicht fortreiten lassen!» sagt sie verzweifelt.

«Ich muß ihm folgen», antworte ich einfach.

Ohne zu überlegen habe ich diese Antwort gegeben. Der Ton meiner Stimme scheint mir fremd in seiner kühlen Sicherheit. Woher nehme ich diese Seelenruhe, diese heitere Gelassenheit? Seele und Herz, das pulsierende Blut in meinen Adern, alles fließt zusammen, im großen Einklang einer friedvollen Zärtlichkeit. Chenani und ich, wir reiten! Gemeinsam... Da ist nichts mehr, was uns hindern könnte. Nichts und niemand. Auch Stephanie nicht... Ich nehme sie in die Arme und fühle ihre tränennasse Wange an meinem Gesicht. «Warum weinst du?» möchte ich fragen, aber ich halte die Frage zurück, denn unbewußt fürchte ich mich vor einer Antwort.

«Pasquier», sage ich, «er wird dir eine furchtbare Szene machen.»

«Pasquier ist mir so gleichgültig», antwortet Stephanie.

Sie redet mit geschlossenen Augen. Tränen rinnen ihr über das Gesicht.

«Es geht nur noch darum, meinem Vater alles zu erklären. Aber er versteht es schon! Er muß es verstehen...!»

Sie tritt zurück und legt mir die Hände auf die Schultern.

«Sehen wir uns wieder, Mariemma?»

«Allah weiß es!» sage ich leise.

«Was immer kommt», flüstert Stephanie, «was immer kommt, denk daran, wir haben Freundschaft geschlossen...»

Sie möchte noch etwas sagen, besinnt sich dann aber anders und läßt stumm die Arme fallen. Unbeweglich sieht sie mir zu, wie ich nun zum Mehari gehe und hinten aufsitze. Mit den Armen umschlinge ich Chenanis Hüften, meine Stirn presse ich gegen seine vor Fieber zitternden Schultern. Mit einem Zungenschnalzen läßt Chenani das Mehari aufstehen. Es erhebt sich schwankend und trottet mit langsam wiegendem Schritt davon.

Im Mondlicht bleiben die roten Häuser von Tamanrasset hinter uns; die Zweige der Ethelbäume zittern im Wind. Und mehr und mehr verschwimmt Stephanies Gestalt: erst sehe ich noch den hellen Fleck ihrer Bluse, das blasse Oval ihres Gesichts, dann versinkt auch dies im Dunkel der Nacht. Chenani erfaßt meine Hand mit sanftem Druck. Wärme und Vertrauen gehen von dieser Berührung aus, und mit einem Seufzer der Erleichterung sage ich nichts als:

«Wir sind frei!»

Wie ein Echo antwortet Chenanis sanfte, dunkle Stimme:

«Du bist frei, Mariemma, für immer. Ich geleite dich, selbst wenn ich dabei den Tod finden sollte. Das schwöre ich!»

Schon erhebt sich vor uns am dunklen Horizont, undeutlich noch und zaghaft, die Helle des Morgens...

222 33033 8030 1661'69